So long, Lollipops

Sarah Lyons Fleming

So long, Lollipops
Until the End of the World, Band 1.5

Übersetzt von Kirsten Evers

Eine Kurzgeschichte aus der Reihe Bis ans Ende der Welt

So long, Lollipops - Until the End of the World, Band 1.5

Übersetzt von Kirsten Evers

Titel der Originalausgabe: *So long, Lollipops*

Originalsprache: Englisch
Coverbild/Illustration: Podium

Copyright © 2017, 2022 Sarah Lyons Fleming und SAGA Egmont

Alle Rechte vorbehalten

ISBN: 978-1-0394-6043-0

1st edition

www.podiumentertainment.com

Diese Kurzgeschichte ist meinen Leserinnen und Lesern
gewidmet, die mich wissen lassen haben, dass ihnen *Until the
End of the World* etwas bedeutet hat. Eure Worte bedeuten mir
mehr, als ihr euch vorstellen könnt.

Und meinen Eltern, die mich und meine
Verrücktheiten voll und ganz akzeptieren.

So long, Lollipops

KAPITEL 1

Es war nicht seine beste Idee gewesen, aber jetzt stand er hier auf seiner einsamen Insel aus Müllcontainern, umgeben von einem Meer hungriger Zombies, und blickte dem davonfahrenden Pick-up hinterher. Peter wusste, dass er sterben würde. Und da er wahrscheinlich nur noch wenige Stunden – vielleicht lediglich Minuten – zu leben hatte, beschloss er, die ihm verbleibende Zeit lieber glücklich zu verbringen. Na ja, zumindest so glücklich, wie man sein konnte, wenn man von Untoten umgeben war.

Aber glücklich *war* er, und das überraschte niemanden mehr als ihn selbst. Vor allem, wenn man bedachte, wie unglücklich er den Großteil seines Lebens gewesen war. Die letzten achtzehn Jahre hatte er ein unbefriedigendes Leben geführt. Bis er gerettet worden war. Und in dem Moment, als er die Menschen, die ihn gerettet hatten, dabei beobachtet hatte, wie sie über den Maschendrahtzaun kletterten, in den Pick-up sprangen und davon rauschten, hatte er sich an dem Wissen berauscht, dass er sich endlich hatte revanchieren können.

Er hatte es gewusst, nachdem John sie hinter die Mülltonnen gezerrt hatte, wo die Lexer in der angrenzenden schmalen Gasse sie nicht sehen konnten: Entweder würde keiner von ihnen überleben oder alle – außer einem. Bits hatte mit blassem Gesicht zwischen Penny und Ana gehockt und das Geschehen mit großen blauen, verschreckten Augen verfolgt. Hatte ihn angesehen, als hätte er die Antwort auf alle ihre Fragen – so wie ein kleines Mädchen ihren Papa anschaut, der in ihren Augen unfehlbar und heldenhaft ist.

Und obwohl er es wohl auch vorher schon gewusst hatte, traf ihn die Erkenntnis in diesem Moment umso stärker: Er war die Person, die für Bits einer Vaterfigur am nächsten kam. Er hatte sie getröstet, wenn die Albträume sie nachts wach gehalten hatten. Er hatte mit ihr gekuschelt, hatte sie in die Luft geworfen, sie geneckt und all ihren Sommersprossen Namen gegeben. Und er hatte sie so lieb, dass allein der Gedanke daran, sie zu verlieren, unerträglich erschien. Als würde er in ein Schwarzes Loch starren, das alles Licht und alles Glück um sich herum aufsog und nichts zurückließ. Genau so wäre es, wenn Bits etwas zustoßen würde. Er wusste, dass Cassie ihn verstehen würde, denn wenn er Bits' Papa war, dann war Cassie ihre Mama. Solange Bits bei ihr war, brauchte er sich keine Sorgen um sie zu machen.

Das hatte ihm die Entscheidung erleichtert. Früher einmal – vielleicht sogar vor ein paar Monaten noch – hätte er sein Leben niemals so ohne Weiteres für einen anderen Menschen riskiert, geschweige denn aufgegeben. Er hätte eine Pro- und Kontraliste erstellt. Hätte verhandelt. Das hatte er drauf. Er hatte schließlich jahrelange Erfahrung darin und an der Harvard Business School alle Tricks gelernt. Von den Besten. Aber hier gab es keine Verhandlungsgrundlage. Und das war erfrischend. Er war so erfüllt von seiner Entschlossenheit und seiner Überzeugung, fühlte sich so sicher und klar im Kopf wie noch nie.

Er bereute seine Entscheidung auch nicht, als die zerfetzten, langsam verwesenden Hände seinen Stiefeln immer näher kamen. Der Lärm, den die Zombies veranstalteten, lockte noch mehr von ihnen an. Die auf der anderen Seite des Zauns, über den seine Familie entkommen war, pressten sich dagegen und erhofften sich wohl, einen Happen von ihm zu ergattern, jetzt, wo alle anderen weg waren.

Die Entscheidung mochte ihm leichtgefallen sein und er zweifelte auch nicht daran, aber Angst hatte er trotzdem. Eine Scheißangst hatte er. Der Griff seiner Machete war glitschig vor lauter Schweiß. Er überlegte kurz, ob er seine Handschuhe wieder anziehen sollte, aber das würde ihm jetzt auch nichts mehr bringen. Er trat einen Schritt vor und stieß die Klinge mitten in ein Gesicht hinein. Einer weniger. Es waren aber so viele. Und es wurden immer mehr, egal, wie viele er abschlachtete. Er konnte schlichtweg nicht gewinnen; es ging nur darum, wie lange er leben wollte.

Klar war, dass er den verdammten Lutschern nicht erlauben würde, ihm den Garaus zu machen. Er wusste schon jetzt, sobald es so weit war – wenn er zu müde war, um sich auf den Beinen zu halten, oder wenn sie ihm zu nahe kamen, oder irgendein ehemaliger Basketballspieler ihn mit seinen langen Armen am Fußgelenk erwischte – dann würde er sich selbst die Kugel geben. Sofern er auch nur ein feuchtes Krümelchen Hirn im Schädel hatte, wenn er starb, würde er einer von ihnen werden, und das musste er um jeden Preis verhindern.

Die Müllcontainer gaben ihm eine Plattform von etwa eins achtzig mal zwei Metern. Hinter ihm war die Backsteinmauer des Gebäudes und ringsumher – tja, ein Meer aus Zombies halt.

Seine Machete traf auf eine ausgetrocknete Halsschlagader, dann ein Ohr. Das ewige Holzhacken und Ausheben von Schutzgräben hatte seine Arme gestählt; er könnte stundenlang so weitermachen. Und das würde er auch. Er würde kämpfen, bis er gerade noch genug Kraft in den Armen hatte, um seine letzte Kugel abzufeuern – die Kugel, die er sich für genau diese Situation aufgespart hatte. Er musste lachen, obwohl nichts daran lustig war. Vielleicht war er schon dabei, den Verstand zu verlieren.

„Nicht, dass man mir das übel nehmen könnte", sagte er zu der fauchenden Menge unter sich. „Oder, ihr dämlichen Wichser?"

Fluchen war gut. Fluchen machte wütend. Und Wut bedeutete noch mehr Kraft in den Armen. Er trat erneut vorwärts und schwang die Machete vor sich her. Die Gasse war erfüllt von hungrigem Stöhnen und ekelerregendem Verwesungsgeruch.

Wenn er so weitermachte, dann würden die sich langsam vor ihm aufschichtenden Körper ziemlich bald eine Art Treppe bilden, die es den Lexern von weiter hinten ermöglichte, ihn zu erreichen. Ihm blieb nichts weiter übrig, als sie so lange in Schach zu halten, bis er es nicht mehr ertragen und sich das Hirn wegblasen würde. Aber jeder Lexer, den er umlegte, bedeutete ein Monster weniger für die Welt, die er hinterließ, eine Bedrohung weniger für Bits, und so machte er mit aller Kraft weiter.

Am anderen Ende des Containers bemerkte er eine alte Frau. Ihre trockenen Falten hatten sich in tiefe Risse verwandelt, und das

Gewebe, das aus den Furchen hervorlugte, das eigentlich fleischig und rosa hätte sein sollen, war grau und von schwarzen Adern durchzogen. Sie erinnerte ihn an seine Großmutter, die eine gemeine alte Kuh gewesen war. Nachdem seine Eltern und Jane gestorben waren, hatte sie ihn ebenso streng und herzlos erzogen, wie sie es damals bei seinem Vater getan hatte. Und die Tatsache, dass sein Vater zu Lebzeiten die Besuche bei ihr auf einmal jährlich beschränkt hatte, war ein deutlicher Indikator ihrer mütterlichen Qualitäten.

„Sie sind tot, Peter", hatte sie oft gesagt. „Es macht keinen Sinn, noch darüber zu sprechen."

Und so hatte er gelernt, den Mund zu halten. Eines Tages hatte er versucht, die Tatsache zur Sprache zu bringen, dass Jane nicht sofort tot gewesen war. Er hatte ihr sagen wollen, dass er wusste, dass sie im Auto eingeklemmt und den Flammen ausgesetzt gewesen war. Dass sie letztlich erstickt war und ihn jede Nacht in seinen Träumen heimsuchte, wo er sich die schreckliche Situation bis ins kleinste Detail ausmalte, hilflos zusah, wie sie ihn anflehte, ihr zu helfen, den Gurt zu lösen, und wo er sie immer wieder sterben sehen musste. Er war nicht im Auto gewesen, hatte nicht mit seiner neunjährigen Schwester auf einen Kindergeburtstag gehen wollen, auf dem ihn seine zwölfjährigen Freunde hätten sehen können. Oder, noch viel schlimmer: ein zwölfjähriges *Mädchen*.

Er sprach das Thema nur an, weil er das verzweifelte Bedürfnis hatte, von jemandem zu hören, dass es nicht seine Schuld gewesen war.

Aber noch bevor er fertig war, hatte ihn seine Großmutter mit den Worten unterbrochen: „Du hast eine Entscheidung getroffen, Peter. Und Entscheidungen haben Konsequenzen."

Ihre Worte hatten sich tief in sein Bewusstsein eingebrannt. Er hatte sich Absolution erhofft, stattdessen war seine Sünde bestätigt worden.

Zwei Schritte vorwärts, und die alte Dame war erledigt. *Und, was sagst du zu dieser Entscheidung, Oma?* Es fühlte sich fantastisch an. Jahre der Therapie konnten diesem einen Hieb mit der Machete nicht das Wasser reichen.

„Hey! Hier oben!", ertönte eine Stimme.

Also verlor er doch den Verstand. Jetzt hörte er sogar schon Stimmen. Echte Stimmen, nicht nur Stöhnen und Fauchen.

„Hier oben! Guck hoch!"

Schon wieder. Eine glockenhelle, klare Stimme, die durch den Lärm um ihn her schnitt. Er sollte hochsehen, wenn auch nur, um zu bestätigen, dass da niemand war, dass er wirklich verrückt wurde. Sofern da niemand war, würde er einfach weitermachen und so viele Lexer wie möglich ins Jenseits befördern, bevor er sich die Pistole in den Mund steckte und abdrückte. Er presste sich an die Mauer, so weit weg von ihren grabschenden Händen wie möglich und wagte einen schnellen Blick in die Höhe. Da war tatsächlich ein Gesicht, das ihm aus dem Fenster im zweiten Stock entgegenblickte. Von hier aus war es schwer zu erkennen, aber er vermutete, dass es zu einem Mädchen im Teenageralter gehörte.

„Ich werf dir eine Leiter runter!", rief sie. „Moment!"

Das war jetzt aber nicht Teil des Plans. Nicht, dass es keine willkommene Planänderung war – sein ursprünglicher Plan hatte nicht gerade gute Erfolgschancen versprochen.

Dann tauchte sie wieder auf und rief: „Vorsicht!"

Peter erhaschte einen Blick auf kinnlange blonde Haare, als sie eine Feuerleiter am Fenstersims befestigte und sie zu ihm herabließ. Die Ketten, die die Metallsprossen der Leiter zusammenhielten, klirrten und ratterten laut. Durch die Müllcontainer befand er sich gute anderthalb Meter über der Erde, und so prallten die untersten Sprossen mit einem hohlen Knall auf die Deckel unter seinen Füßen auf. Peter war sprachlos. Er konnte noch nicht so recht glauben, dass er tatsächlich aus dieser so aussichtslos erscheinenden Lage gerettet wurde.

Der Blondschopf lehnte sich erneut aus dem Fenster vor. „Alles klar!"

Eine Hand auf seinem Stiefel riss Peter aus seiner Starre. Mit einer schwungvollen Bewegung ließ er die Machete niedersausen und schüttelte die amputierte graue Hand ab. Dann schwang er sich die Machete über die Schulter und griff nach seinem Rucksack, der an der Hausmauer lehnte. Die Leiter schwang knarrend hin und her, während er hinaufkletterte, und der stöhnende Chor der Untoten unter ihm wurde lauter. Es wirkte, als würden sie den Verlust ihres Abendessens beklagen.

Er riskierte einen Blick nach unten und murmelte: „Macht's gut, ihr Lollis."

Dann trat er mit den Stiefeln auf den Fenstersims und fand sich im nächsten Moment in einem kleinen Büro wieder. Das Mädchen stand neben der Tür, zwei Schreibtische und fünf Aktenschränke von ihm entfernt. Sie war ungefähr sechzehn. Kinnlanges blondes Haar. Winzige Stupsnase. Große Augen und Lippen wie Rosenknospen. Sie sah aus wie eine Elfe oder eine Figur aus einem Disneyfilm. Sie lächelte, aber der Pistolenlauf, der auf ihn gerichtet war, zeigte, dass es ihr todernst war.

„*Macht's gut, ihr Lollis?* ", fragte sie mit leicht schräg gelegtem Kopf. „*Das* ist dein Wort für die Zombies?"

Peter starrte die Pistole an und überlegte eine Weile, was er antworten sollte. Sie mochte klein sein, aber sie sah definitiv wie jemand aus, der sich mit Waffen auskennt. „Ich und … mein kleines Mädchen … sagen das so. Anstelle von: *Macht's gut, ihr Lutscher?*"

„Das kleine Mädchen, das über den Zaun ist? Das ist deine Tochter?"

„So was Ähnliches."

„Macht's gut, ihr Lollis", sagte sie noch einmal, als würde sie die Worte anprobieren wie ein paar Schuhe. Dann kicherte sie leise. „Klingt irgendwie cool. Okay, also ich nehme einfach mal an, dass du einer von den Guten bist, da du dich ja irgendwie freiwillig gemeldet hast, um für deine Freunde zu sterben. Aber du musst trotzdem deine Waffen abgeben."

Peter zog seine Pistole aus dem Holster und legte sie langsam auf den Tisch vor sich. Die Machete legte er daneben und trat einen Schritt zurück. „Ich bin Peter. Peter Spencer."

Sie wirkte nicht sonderlich ängstlich, aber er dachte, wenn er sich vorstellte, würde sie ihm gegenüber vielleicht ein wenig auftauen. Oder zumindest die Waffe auf etwas anderes als sein Gesicht richten.

Sie nickte. „Natalie. Nat."

„Danke, Nat. Für die Leiter. Wir hatten keine Ahnung, dass jemand im Haus ist."

Er lächelte. Sie entblößte zwei Reihen winziger schneeweißer Zähne. „Na ja, ich konnte dich ja schlecht sterben lassen, nachdem du diese ganze Märtyrermasche abgezogen hattest. Auch wenn mein Vater und mein Onkel mich dafür umbringen werden!"

„Sind sie hier?"

„Nee, die sind unterwegs. Suchen nach Vorräten und so. Sie sind dabei, einen neuen Unterschlupf für uns herzurichten. Hier sind wir nur, weil es über der Erde ist."

Ihr Finger lag noch immer auf dem Abzug, aber die Pistole hing inzwischen an ihrer Seite. Sie kräuselte die Lippen, was ihr einen zugleich nachdenklichen und belustigten Ausdruck verlieh, und musterte ihn eingehend. „Also, Peter. Du wirst mich doch nicht vergewaltigen oder so was?"

„Nein, natürlich nicht!" Was für eine kranke Welt, in der ein Kind solche Fragen stellen muss. Er öffnete den Mund, um noch etwas hinzuzufügen, aber ihm fiel nichts anderes ein, was er zu dem Thema sagen könnte.

„Hätte mich auch überrascht", sagte Natalie trocken. Sie wedelte mit der Pistole vor ihrem Gesicht herum und zuckte mit den Schultern. „Aber fragen kostet ja nichts. Nimm deine Sachen mit. Wir gehen nach oben, in den dritten Stock."

Sie führte ihn durch einen Flur, der mit hässlichem braunem Teppichboden ausgelegt war. Unten in der Schankstube waren Schritte zu hören. Die Lexer von zuvor waren also noch immer im Haus. Und wahrscheinlich würden sie für immer hierbleiben, denn sie waren garantiert zu dämlich, um jemals eigenständig durch die Tür, die sie selbst zerstört hatten, ins Freie zu finden.

Natalie öffnete eine Tür, die in ein enges Treppenhaus führte, und winkte ihm, ihr zu folgen. Peter fand, dass sie viel zu vertrauensselig war. Er würde sich nie auf das bloße Wort eines Fremden verlassen und ihm dann noch den Rücken zukehren. Er wollte ihr das sagen, aber dann dachte er, dass dies so eine Situation sein könnte, in der man besser erst mal den Mund hielt. Das Treppenhaus spuckte sie ein Stockwerk höher wieder aus, und sie traten durch die Tür in einen großen offenen Raum, der scheinbar über die gesamte Länge des Gebäudes verlief. In einer Ecke standen zwei Betten, am anderen Ende des Raumes ein drittes. Die bunte Bettwäsche und ein Stapel Jugendbücher gaben Peter deutliche Hinweise darauf, wem das einzelne Bett wohl gehören mochte, aber er erinnerte sich selbst gut genug daran, wie es war, ein Teenager zu sein, um diese zu benötigen. Nie im Leben würde man direkt neben seinem Vater und seinem Onkel schlafen wollen. Zumindest nicht, wenn man sich an einem relativ sicheren Ort befand.

Es gab noch eine Couch und einen kleinen Tisch. An den Fenstern, die zur Straße zeigten, standen ein Tisch und ein paar Stühle. Auf einem Klapptisch und einem Regal standen ein Campingkocher, ein paar Kisten und Dosen mit Lebensmitteln, Töpfe und Geschirr sowie Wassercontainer.

Auf dem Tisch stand ein tragbares Funkgerät. Die Stimme, die daraus ertönte, klang tief und besorgt. „Nat. Natalie! Bist du okay? Antworte, verdammt noch mal!"

Mit zwei großen Sprüngen war Nat am Tisch und nahm das Funkgerät auf. „Tut mir leid, Papa. Ich war unten im zweiten Stock."

„Rich und ich sehen die Herde von hier aus. Was ist passiert?" Seine Stimme klang nun schon ruhiger, aber noch immer besorgt.

Natalie setzte sich auf einen der Stühle und schlug die Beine übereinander. Dabei schwang sie einen Fuß, als würde sie mit ihrer besten Freundin telefonieren. „Unten waren ein paar Leute. Die Zombies sind ihnen in die Bar gefolgt."

„Was ist mit ihnen passiert? Hast du es gesehen?"

Nat warf Peter einen zögerlichen Blick zu. „Sie konnten über den Parkplatz abhauen. Aber einer von ihnen hat's nicht geschafft." Dann wurde ihre Stimme hoch wie die eines kleinen Mädchens. „Papi, versprichst du mir, dass du nicht wütend wirst, wenn ich dir jetzt was verrate?"

„Sag's schon, Nat."

„Ich hab irgendwie die Feuerleiter runtergelassen und ihn gerettet, und jetzt ist er hier oben bei mir."

„*Er* ist bei dir? Natalie, verdammt noch mal! Was hast du dir dabei gedacht?" Kurz klang es so, als würde er sich für einen längeren Vortrag in Rage reden wollen, aber dann seufzte er bloß. „Gib ihm das Funkgerät. *Jetzt.*"

Nat hielt ihm mit einem winzigen Lächeln und hochgezogenen Augenbrauen das Funkgerät hin. Sie mochte von ihrem Vater nichts zu befürchten haben. Peter war jedoch klar, dass das nicht für ihn galt.

„Hallo?", fragte er ins Funkgerät.

„Wie heißt du?"

„Peter. Peter Spencer."

„Pass auf, Peter. Wir versuchen jetzt, so viele von denen wie möglich wegzulocken, um ins Haus zu kommen, und ich schwöre bei allem, was mir noch heilig ist: Wenn du meiner Tochter auch nur ein einziges Haar gekrümmt hast, wenn wir oben ankommen, dann bist du tot. Hast du mich verstanden?"

Natalie verdrehte die Augen und flüsterte: „Sag einfach *Ja, Sir.*"

„Ja, Sir", sagte Peter. In den vergangenen Monaten hatte sein Leben die eine oder andere überraschende Wendung genommen, aber aus irgendeinem Grund erschien ihm diese – vom Vater eines pubertierenden Mädchens, das ihm das Leben gerettet hatte, Prügel angedroht zu bekommen – am verrücktesten. „Warum sollte ich ihr was tun? Sie hat mir das Leben gerettet."

„Benimm dich einfach, bis ich da bin. Gib mir mal Nat."

„Hallo noch mal, Papi!", sagte sie. „Also, was ist der Plan?"

Peter hatte gedacht, dass sie allgemein viel zu locker mit der ganzen Sache umging, sowohl in Bezug auf ihre Gutgläubigkeit ihm gegenüber, als auch bezüglich der Tatsache, dass zwei Stockwerke tiefer Hunderte von Lexern herum schlurften. Aber jetzt richtete sie sich auf und wirkte plötzlich nicht nur wachsamer, sondern auch viel erwachsener.

„Rich lockt sie weg, macht einen großen Bogen und kommt dann zurück, wenn sie weit genug weg sind. Ich bin gleich da. Bleib, wo du bist."

„Okay."

Peter folgte ihr ans Fenster und sah einen Wagen die Straße hinabrollen. Es war ein großer Pick-up mit verchromten Felgen und einer riesigen amerikanischen Flagge auf der Heckscheibe.

Vor der Bar blieb er stehen und die Fensterscheiben wurden heruntergelassen. Dann ertönte laute Musik. Es war nicht die Art von Musik, die Peter beim Anblick dieses patriotischen Fahrzeugs erwartet hätte. Er hätte damit gerechnet, Classic Rock oder Country zu hören, alles andere als die klassischen Klänge, die nun von den Zement- und Backsteinbauten widerhallten.

Er kannte das Stück sogar. Seine Großmutter hatte ihn nicht nur gezwungen, zum Standardtanz zu gehen, sondern auch ins Museum und in die Oper. Es war Verdis Requiem. Und zudem meisterhaft gespielt. Die Pauken dröhnten, die Streichinstrumente klagten und der Chor schien aus Engeln zu bestehen. *Befreie mich, o Herr, vom ewigen Tod* – an diese Strophe im letzten Teil erinnerte Peter sich besonders. Welch passender Soundtrack.

Die Lexer in der Bar strömten heraus, der Musik entgegen. Als sie den Pick-up beinahe völlig umzingelt hatten, fuhr dieser langsam an und rollte einen halben Block weiter, bevor er erneut stehen blieb. Dann wurde das Manöver wiederholt, bis sich hinter ihm eine ganze Traube von Untoten gebildet hatte. Langsam rollte der Pick-up davon, bog um die Ecke und verschwand mitsamt seiner schlurfenden und stöhnenden Gefolgschaft aus dem Blickfeld.

„Mein Onkel Rich nennt sich selbst *Der Rattenfänger von Bennington*", sagte Nat.

Vor der Bar hielt inzwischen ein weiterer Wagen. Peter erhaschte einen kurzen Blick auf einen breiten Oberkörper, bevor der Fahrer im Haus verschwand. Dann donnerten Schritte die Treppe herauf. Peter zog hastig die Pistole aus dem Holster, legte sie auf den Tisch und trat ein paar Schritte von Natalie weg.

Ein Mann erschien im Türrahmen. Natalie trat auf ihn zu und schlang ihre Arme um seinen Bauch.

„Papi, das ist Peter. Es tut mir so leid, ich weiß, ich soll mich nicht einmischen, aber er wäre beinahe gestorben, weil er ..."

Der Mann hob seine freie Hand. In der anderen hielt er eine Pistole. Nichts an ihm ließ auch nur den Verdacht einer Verwandtschaft mit seiner elfenhaften Tochter aufkommen. Sein Gesicht war groß und eckig, seine Wangen gerötet, und Haar und Bart kurz, struppig und braun. Das einzig Bemerkenswerte an ihm waren seine leuchtenden eisblauen Augen, die sicher gütig aussehen konnten, wenn sie einen nicht gerade anstarrten, als wäre man des Todes – egal, wie viele gute Absichten man haben mochte. Er hob das Kinn und betrachtete Peter kühl. „Ich will hören, was *er* zu sagen hat."

Ja, was sollte er darauf schon erwidern? Was war wichtig? Wahrscheinlich sollte er erwähnen, dass er nicht lange bleiben und keine ihrer wertvollen Vorräte aufessen würde. „Wir waren auf dem Weg zur Sicherheitszone in Vermont. Kingdom Come. Wir saßen unten in der Falle, und dann bin ich geblieben und hab die Menge abgelenkt, damit meine Freunde abhauen können. Ich wäre jetzt tot, wenn Ihre Tochter mich nicht gerettet hätte, Sir. Ich will einfach nur versuchen, weiter in Richtung Norden zu kommen. Vielleicht kann ich sie ja einholen."

Der Mann zog sich die dicke Flanelljacke aus. Darunter kamen eine Brust wie ein Weinfass und eine weitere große Pistole zum Vorschein. Er winkte damit in Richtung Tür. „Na dann, gute Reise. Ich …"

„Papi!", rief Natalie. Sie stampfte mit dem Fuß auf. „Du weißt ganz genau, dass hinten noch super viele von denen sind. Ein paar sind bestimmt direkt um die Ecke. Peter hat ein kleines Mädchen. Sie konnte entkommen, weil er sich für sie geopfert hat. Du kannst ihn nicht einfach so wegschicken!"

Der Mann atmete schwer aus. Seine Nasenlöcher weiteten sich. „Stimmt das?"

Peter nickte und hielt den Atem an. Er wollte sich nirgends aufdrängen, vor allem, wenn er ganz offensichtlich nicht willkommen war, aber ohne fahrbaren Untersatz würde er es da draußen unter Umständen nur ein paar Meter weit schaffen. Der Mann ließ seine Waffe sinken und warf Natalie einen langen Blick zu.

„Du sagst doch immer, dass ich eine gute Menschenkenntnis habe!", sagte Natalie. Ihre Augen weiteten sich und wurden feucht. „Ich hab alles gesehen. Er hat sich für seine Freunde geopfert. Er war bereit, für sie zu sterben! Papi, ich weiß, du würdest dasselbe für mich tun!"

Das breite rote Gesicht wurde weich. Sie manipulierte ihn, wickelte ihn um den kleinen Finger, ebenso wie Bits es manchmal mit ihm tat, wenn sie ein extra Stück Obst abstauben oder noch ein Kapitel aus ihrem Lieblingsbuch hören wollte. Nicht, dass Nats Worte nicht der Wahrheit entsprachen, aber sie würden innerhalb weniger Minuten das erreichen, wofür Peter mehrere Tage brauchen würde: das Vertrauen ihres Vaters. Er jedenfalls hatte keine Chance, wenn Bits das schwere Geschütz auffuhr, wenn sie die Augen weit aufriss und ihre Lippen zu zittern begannen. Das Lustige daran war, dass er sie natürlich jedes Mal durchschaute, es ihm aber nie auch nur das Geringste ausmachte, so offensichtlich manipuliert zu werden.

„Nimm ihm die Waffen ab", sagte ihr Vater, und Nat griff nach der Pistole und der Machete auf dem Tisch. Als sie ihrem Vater den Rücken zukehrte, zwinkerte sie Peter verschwörerisch zu. Diese Göre ist vollkommen übergeschnappt, hätte Nelly jetzt gesagt.

„Ich bin Chuck", sagte der Mann. Er schob seine Pistole ins Holster zurück und streckte eine Pranke über den Tisch hinweg aus. Die Fingernägel waren schmutzig und ölig, die Haut rissig und rau. „Deine Waffen behalten wir fürs Erste. Heute Nachmittag schauen wir mal, wie du am besten von hier aus weiterkommst."

Peter bemerkte, dass seine Hand gar nicht so anders aussah als Chucks. Chuck schien dies ebenfalls nicht zu entgehen und er quittierte die Erkenntnis, dass Peter offensichtlich ein Mann war, der harte Arbeit nicht scheute, zwar mit keinem freundlichen, aber immerhin einem respektvollen Nicken.

„Das weiß ich sehr zu schätzen, Chuck."

„Mach's dir erst mal bequem. Gibt sowieso nicht viel zu tun, bis Rich zurückkommt."

Peter zog sich den Pulli aus und setzte sich an den Tisch. Natalie setzte sich ihm gegenüber auf den Stuhl und wedelte sich mit einer alten Zeitschrift Luft zu. Hier oben war es heiß und stickig. Und er musste aufs Klo. Erst jetzt wurde ihm bewusst, wie lange er seine Blase nicht mehr geleert hatte.

„Chuck", sagte er. Der Mann blickte von den Pistolen auf, die er gerade lud. Peter war sich ziemlich sicher, dass sie bereits vorher geladen gewesen waren und dass diese kleine Showeinlage ausschließlich für ihn bestimmt war. „Ich müsste mal euer Bad benutzen. Wo kann ich …"

„Ich kann's ihm zeigen", bot Nat an. Sie sprang auf und winkte Peter, ihr zu folgen.

Chuck zeigte auf den Stuhl. Sie setzte sich zögernd. „Nein. Ich mach das."

Er führte Peter hinab in den zweiten Stock, wo er am Ende des Flurs eine Tür öffnete. Peter wurde bewusst, dass sie gerade das Nebengebäude betreten hatten. Es handelte sich um eine Wohnung, in der sich kaum Möbel befanden. Wahrscheinlich hatten sie hier die Einrichtung für ihr Quartier gefunden. Peter öffnete die Tür, zu der Chuck ihn führte, und fand sich tatsächlich in einem Badezimmer wieder.

„Sieht aus wie früher, aber wenn man genauer hinsieht …", sagte Chuck und deutete auf die Toilette. Peter hob den Deckel und staunte nicht schlecht: Sie hatten ein Loch in die Porzellanschüssel gebohrt, was sich direkt über einem etwas größeren Loch im Boden befand. So verschwand jeglicher Toiletteninhalt in der Dunkelheit im Stockwerk darunter. Der Geruch war natürlich gewöhnungsbedürftig, aber der Gedanke war ziemlich clever.

„Wir haben unten alle Fenster aufgemacht, damit der schlimmste Gestank entweichen kann. Wollen schließlich keine Gasexplosion riskieren …", sagte Chuck trocken. „Ich warte draußen."

Als Peter wieder herauskam, stand Chuck am Fenster. „Tut mir leid wegen deinem kleinen Mädchen. Aber gut, dass sie es geschafft hat", sagte er, ohne sich umzudrehen.

Peter räusperte sich. „Sie ist nicht meine richtige Tochter. Ich wünschte, sie wäre es, aber sie ist es nicht." Er wusste nicht, warum er das Gefühl hatte, seine Familiensituation erklären zu müssen; es war ja schließlich nicht so, als hätte Chuck nach einer Geburtsurkunde gefragt.

Chuck drehte sich um und lächelte. Peter hatte recht gehabt – die eisblauen Augen konnten richtig freundlich dreinschauen, wenn sie nicht gerade seinen grausamen Tod planten. „Ist ja eigentlich auch egal, oder? Wenn man sie erst mal ins Herz geschlossen hat, dann wird man sie nicht mehr los. Komm, wir gehen zurück nach oben."

***

Natalie hatte Peter bereits zwei Stunden lang ausgefragt, als Onkel Richs Pick-up endlich draußen vorfuhr. Chuck hatte zugehört, hin und wieder eine Frage eingeworfen und anerkennend genickt, als Peter die Hütte von Cassies Eltern und die vergangenen Monate beschrieben hatte.

Die Tür ging auf und herein kam eine jüngere Version von Chuck. Der einzige Unterschied war, dass Rich blonde Haare hatte und sein Bruder braune. Sein wachsamer Blick huschte von Peter zu Chuck. „Alles okay hier?"

Chuck nickte, was Rich sichtlich entspannte und ihn dazu veranlasste, mit ausgestreckter Hand auf Peter zuzugehen. „Rich." Peter antwortete: „Peter."

Rich setzte sich auf die Couch und nahm einen Schluck aus einer Wasserflasche, dann wischte er sich mit dem Handrücken über den Mund. „Abendessen?"

Peter erlaubte sich die Vermutung, dass Rich eher der minimalistische Typ Mensch war, zumindest wenn es ums Reden ging. Er warf einen Blick auf seine Armbanduhr; es war noch lange nicht Zeit fürs Abendessen. Der Tag hatte sich angefühlt wie ein halbes Jahrhundert, aber in Wirklichkeit war es gerade mal Mittag.

„Abendessen bedeutet Mittagessen", erklärte Nat. „Wir leben hier wie im Jahre 1860. Nachher können wir noch eine Spritztour mit der Motor-Kutsche unternehmen, wenn du willst."

Chuck schüttelte den Kopf, aber seine Augen blitzten vergnügt. „Was für ein Schlaumeier du doch bist …"

Peter musste an Nelly denken und grinste. „Jede Gruppe braucht einen. Vor allem in Zeiten wie diesen."

„Sie ist genau wie ihre Mutter."

Nats Lächeln wurde ein wenig starr und ihre Finger verkrampften sich in ihrem Schoß. Chuck wandte den Blick ab und inspizierte stattdessen das etwas wackelig aussehende Regal. „Wie wär's mit Suppe?"

„Genau das, wonach mir an einem heißen Sommertag ist!", sagte Nat.

„Ich habe nichts von Aufwärmen gesagt."

„Igitt …"

Peter trat ebenfalls ans Regal und verschaffte sich einen Überblick. Zwischen den Plastikverpackungen und Konservendosen sah er einige Tomaten, eine traurig aussehende Gurke und eine Zucchini. „Habt ihr einen Garten in eurem neuen Zuhause?"

Chuck nickte. „Einen kleinen. Nicht genug für immer, aber wir sind von Haus zu Haus gegangen und haben auf jeden Fall genug für den Winter."

„Warum geht ihr nicht in eine der Sicherheitszonen?"

Von der Couch erklang ein Grummeln. „Das hab ich auch gesagt", murmelte Rich.

Chuck warf einen Blick auf Nat und sagte: „Das ist gerade einfach keine gute Idee. Vielleicht im Frühjahr."

Peter fragte nicht weiter. Er hielt ein paar Packungen Fertignudeln hoch und langte nach der Sojasauce und dem Sesamöl, die er unter den Lebensmitteln entdeckt hatte. „Ich kann das Abendessen machen, wenn du willst."

„Da sag ich nicht nein!", sagte Chuck. „Wir sind nicht gerade talentiert, was das Kochen angeht. Aber wir haben ja auch nicht viel. Kannst du kochen?"

Peter nickte. Natalie half ihm dabei, den Campingkocher anzumachen, der neben dem offenen Fenster stand. Seine Großmutter war nie mit ihm beim Zelten gewesen, aber die letzten paar Monate mit den anderen hatten ihn gelehrt, dass man einen Campingkocher nie in einem geschlossenen Raum benutzen soll, wenn man nicht ersticken will.

Die Nudeln waren blitzschnell gekocht, und ein paar Minuten später hatte Peter sie mit klein geschnippeltem Gemüse, Sojasauce und Öl in einer Schüssel vermischt. Reisessig wäre zu schön gewesen, aber man konnte ja nicht alles haben. Cassies Eltern waren vielleicht ein wenig übertrieben gründlich an ihre Planung für den Notfall herangegangen, aber Peter musste zugeben, dass er im Keller unter der Hütte wirklich alles gefunden hatte, was er für seine kulinarischen Ausschweifungen gebraucht hatte. Außerdem, rief er sich in Erinnerung, hatten sie nicht übertrieben – ihre Planung hatte ihnen das Leben gerettet.

Peter stellte die Schüssel auf den Tisch. „Guten Appetit!"

Seine Gastgeber setzten sich und waren, wenn man dem Schweigen und eifrigem Kauen Glauben schenken konnte, begeistert. Diesen Sommer hatte er öfter kalten Nudelsalat gemacht. Auf wundersame Weise war sein Name immer öfter auf dem Kochplan erschienen, aber es hatte ihn nicht gestört, für die anderen zu kochen. Im Gegenteil. Allein die Tatsache, dass alle gern zugriffen, dass es ihnen ganz offensichtlich schmeckte und sie sich jedes Mal wegen der Reste in die Haare kriegten, war ihm Lohn genug.

Es hatte ihm schon immer Spaß gemacht, zu kochen. In einer seiner frühesten Erinnerungen stand er auf einem Stuhl in der Küche des Hauses seiner Eltern in Westchester und nahm einen Messbecher mit Mehl von seiner Mutter entgegen, das er dann in die große Schüssel auf der Arbeitsplatte kippte. Als junger Erwachsener war er meistens essen gegangen, aber er hatte doch auch hin und wieder selbst den Kochlöffel geschwungen. Vor allem, wenn es ein Mädchen zu beeindrucken galt. Cassie war keine Ausnahme gewesen. Der einzige Unterschied zwischen ihr und seinen üblichen Eroberungen hatte darin gelegen, dass sie ihren Teller jedes Mal bis auf den letzten Krümel leer gegessen hatte.

Peter zog eine der EPAs aus seinem Rucksack, setzte sich auf die Couch und legte das Paket auf den Couchtisch. Der kalte Nudelsalat war eindeutig die schmackhaftere Option, aber er wollte seinen Gastgebern nicht das Essen wegessen. Er hatte sowieso schon das Gefühl, sich aufzudrängen.

Er stellte sich vor, wie Bits und die anderen im Pick-up über staubige Schotterwege fuhren. Vielleicht waren sie sogar schon auf Kingdom Come angekommen, wenn sie nicht in Schwierigkeiten geraten waren. Und heutzutage brauchte es nicht viel, um in Schwierigkeiten zu geraten. Ein platter Reifen oder einmal falsch abgebogen – und schon saß man in der Scheiße, wenn man Pech hatte. Das hier war eindeutig besser, als tot zu sein oder noch immer auf den Müllcontainern unten im Hinterhof seine vermeintlich letzten Minuten zu verleben, aber was würde er nicht tun, um jetzt bei den anderen im Pick-up zu sitzen. Nicht, damit er selbst in Sicherheit wäre. Nein, er wollte da sein, falls sie noch mal in Schwierigkeiten geraten würden.

Er hatte keinen großen Appetit, aber er öffnete die EPA trotzdem, um zu schauen, was drin war. Was sollte er zuerst essen? Den großen Haufen undefinierbaren Breis, ein kleineres Päckchen mit irgendetwas Geschmacklosem oder Jalapeno-Schmierkäse mit Crackern? Er hatte die buchstäbliche Qual der Wahl. Der Nachtisch sah allerdings gar nicht so schlecht aus. Aber wenn irgendwo Zucker drin war, konnte man auch nicht viel falsch machen.

„Das hier ist der Hammer!", rief Natalie vom Tisch herüber. Sie bemerkte die Schachteln und Tüten vor ihm auf dem Couchtisch und runzelte die Stirn. „Isst du nicht mit?"

Peter hielt den Blick starr auf die EPA gerichtet. „Nee, schon gut. Ich hab selbst was."

„Du kannst aber doch nicht kochen und dann nichts davon essen", sagte Chuck. Seine raue Stimme klang freundlich. „Na, komm schon, Pete. Wie sieht das denn aus?"

Früher hatte er es immer gehasst, wenn ihn jemand Pete nannte, aber inzwischen machte es ihm nichts mehr aus. Es bedeutete einfach, dass ihn jemand gern genug hatte, um ihm einen Spitznamen zu verpassen, so wie Cassie, die ihn manchmal Petey nannte. Er trat an den Tisch und zog den vierten Stuhl zu sich. Er fragte sich, warum es überhaupt einen vierten Stuhl gab. Vielleicht hatten sie ihn nur aus der Wohnung unten hier heraufgeholt, um das Set zu vervollständigen. Vielleicht war der vierte Stuhl aber auch für Natalies Mutter. Er tat sich ein wenig Nudelsalat auf den Teller. Mit Reisessig wäre es noch besser gewesen, aber na ja. Trotzdem lecker.

„Nach dem Essen schauen wir uns erst mal die Straßenverhältnisse an und zeigen dir dann, in welche Richtung du musst", sagte Chuck. „Wo ist diese Sicherheitszone noch mal?"

„Im Nordosten von Vermont. Irgendwo nördlich von Lowell."

„Na, da wirst du ja ein Auto brauchen. Wir haben ein paar bei der Hütte stehen, die vollgetankt und abfahrbereit sind. Wir können zusammen hinfahren und schauen, was wir entbehren können. Autos gibt es heutzutage ja wirklich mehr als genug. Wir finden sicher schnell ein neues."

„Ich weiß das wirklich sehr zu schätzen." Bei dem Gedanken an einen fahrbaren Untersatz kribbelte es Peter vor Aufregung in den

Fingern. Wenn er heute Nachmittag losfuhr, könnte er die anderen vielleicht sogar einholen.

„Kann ich mitkommen?", fragte Nat. Chuck schüttelte den Kopf. „O mein Gott, bitte, Papa? Bitte, bitte? Ich sterbe vor Langeweile. Und es ist so heiß! Ich brauche eine Abkühlung!"

Sie warf ihre Gabel runter, verschränkte die Arme vor der Brust und starrte ihren Vater herausfordernd an. Er starrte zurück, die kräftigen Arme vor dem tonnenförmigen Oberkörper ebenfalls verschränkt, der Blick ruhig. Er erinnerte Peter ein wenig an John, den unerbittlichsten und zugleich gütigsten Menschen, den Peter kannte. „Wie lautet die erste Regel?", fragte Chuck.

„Sicherheit", murmelte Nat, starrte ihn jedoch unverwandt an.

„Und hier bist du sicher."

„Du hast selbst gesagt, dass es schon längst Zeit zum Umziehen ist, Papa. Dort ist es noch viel sicherer – und nach heute musst du das doch auch so sehen! Wenn du nicht zurückkommst, dann sitze ich hier ohne Wasser und ohne Auto fest. Und was mach ich dann?"

Rich murmelte irgendetwas, das so klang wie „Wo sie recht hat, hat sie recht ..."

„Stimmt schon", sagte Chuck nach kurzem Überlegen. „Und das extra Paar Hände können wir durchaus gebrauchen. Aber du packst mit an, und nur, dass das klar ist, kein lautes Rumgefurze!"

Nats Blick huschte kurz zu Peter. „Mann, Papi, du bist so peinlich ..."

KAPITEL 2

Die Straße zur Hütte war voller Schlaglöcher, was sich besonders in Peters Nacken bemerkbar machte. Nach der schlaflosen Nacht und dem Macheten-Marathon vom Vormittag machte der ihm ohnehin schon zu schaffen. Ein paar Kilometer später, nachdem sie nichts als Bäume und dichtes Gestrüpp am Straßenrand passiert hatten, fragte er: „War das eure Jagdhütte oder so was in der Art?"

„Nee", erwiderte Chuck. „Wir haben alles Stück für Stück zusammengetragen. Rich und ich haben sie selbst gebaut."

Die Straße führte sie auf eine kleine Lichtung am Ufer eines großen Sees. Das Gras stand dicht und hoch, aber Rich und Chucks Stiefel hatten einen Trampelpfad zu einem kleinen Bootsanleger mit zwei Ruderbooten und einem Kanu entstehen lassen. Eine Hütte gab es allerdings nicht.

Natalie drückte ihre Nase gegen die Scheibe und lächelte ihm dann über die Schulter hinweg zu. „Die Hütte ist auf der Insel."

Peters Blick folgte ihrem Finger, während sie ihn auf die kleine überwucherte Insel richtete, die ein paar Hundert Meter vom Ufer entfernt lag. Es gab keinerlei Anzeichen dafür, dass dort jemand lebte, aber das war wohl auch Sinn der Sache, dachte er bei sich. Er half mit, Kunststofftonnen voller Lebensmittel und Hygieneartikel in die Boote zu laden, und behielt gleichzeitig den umliegenden Wald im Blick. Dabei wurde ihm bewusst, dass es hier gar keine weiteren Autos gab, wie Chuck ihm in Aussicht gestellt hatte, und seine Hand legte sich unwillkürlich um das Pistolenholster an seiner Hüfte. Rich und Chuck unterhielten sich gedämpft, während sie arbeiteten. Sie machten einen anständigen Eindruck, aber er hatte keinen Grund, ihnen zu trauen. Vielleicht hatten sie gar nicht vor, ihm zu helfen.

Chuck warf Peter einen Blick zu, als hätte er seine Gedanken gelesen und deutete mit dem Kinn zur anderen Seite des Sees. „Auf der nördlichen und östlichen Seite sind noch ein paar andere Zufahrtswege. Da haben wir Wagen deponiert, falls wir auf dieser Seite mal nicht mehr wegkommen."

Peter ließ die Hand sinken und gab sich die größte Mühe, nicht allzu erleichtert auszusehen. Er rühmte sich stets seiner guten Menschenkenntnis. Nicht, dass die ihn je davon abgehalten hätte, sich für den Großteil seines Lebens mit oberflächlichen Arschlöchern zu umgeben. Aber immerhin wusste er, womit er es zu tun hatte. Er war ja schließlich selbst ein oberflächliches Arschloch gewesen. Das war ihm besonders schmerzlich ins Bewusstsein gekommen, als er Cassie kennengelernt hatte, die keinerlei Probleme damit hatte, die Dinge beim Namen zu nennen.

Als er Cassie das erste Mal gesehen hatte, in dieser Bar in der Stadt, hatte er sie den halben Abend aus sicherer Distanz beobachtet. Sie hatte ihr welliges rötlich-braunes Haar offen getragen und es sich beim Reden immer wieder hinter das eine Ohr geschoben. Er erinnerte sich, dass sie den Geburtstag einer Kollegin gefeiert hatten; Penny und Nelly waren ebenfalls da gewesen. Es war diese Art von Bar gewesen, in der er regelmäßig ein und aus gegangen war, aber für sie musste sich das wie auf einem fremden Planeten angefühlt haben. Cocktails für zwölf Dollar und exotische Obstdeko waren so eindeutig nicht ihr Stil, erinnerte er sich, gedacht zu haben, während er sie aus der Ferne in Augenschein genommen hatte. Das Getränk ihrer Wahl war das gewesen, was einem ganz normalen Bier am nächsten gekommen war.

Die meisten Frauen dort hatten Designermode getragen und waren auf hohen Absätzen umher gestakt. Cassie hingegen hatte eine Jeans getragen, die höchstens dreißig Dollar gekostet hatte, dazu abgenutzte schwarze Stiefel und ein schwarzes Tanktop. Aber langweilig war ihr Outfit nicht gewesen – das Top hatte den Blick auf ein äußerst ansprechendes Dekolleté freigegeben, dazu hatte sie hübsche Ohrringe und Make-up getragen – sie war einfach anders. Sie berührte die Leute an der Schulter oder am Arm, wenn sie mit ihnen sprach, und hörte aufmerksam zu, wenn sie antworteten.

Wenn sie etwas lustig fand, warf sie den Kopf in den Nacken und lachte, ohne sich darum zu kümmern, was andere denken mochten. Das hatte sie in dieser Bar zu etwas Besonderem gemacht, und Peter hatte sie für ihre unbekümmerte, selbstbewusste Art beneidet.

Ihm war auch nicht entgangen, dass eine ganze Handvoll anderer Kerle sie mit interessierten Blicken verfolgt hatten, während sie zum Klo gegangen war. Tatsächlich hatte sie auch schon einen abgewiesen – mit schüchternem Lächeln und entschuldigendem Kopfschütteln.

Als sie Richtung Bar gegangen war, um eine weitere Runde für den Tisch zu bezahlen, war er ihr gefolgt und hatte sich in angemessenem Abstand neben sie gestellt, um nicht allzu aufdringlich zu wirken. Sie hatte ihn bemerkt und dann starr vor sich hingeblickt, bis der Barkeeper sich ihrer angenommen hatte. Peter hatte ihm signalisiert, ihre Bestellung auf seine offene Rechnung zu setzen. Nachdem ihre Bestellung vor ihr auf die Theke gestellt worden war, hatte sie das Geld mit ihrer kleinen Hand mit dem abgeblätterten blauen Nagellack hoch gehalten, bis der Barkeeper abgewinkt und auf Peter gedeutet hatte.

Einen kurzen Moment lang hatte sie irritiert gewirkt, dann aber ein höfliches Lächeln aufgesetzt und sich zu ihm umgedreht. „Vielen Dank, das ist sehr nett, aber ich möchte wirklich nicht, dass du für all diese Getränke bezahlst!"

„Und wenn ich drauf bestehe?", fragte er. Sie hatte ihm die Scheine hingehalten, aber er hatte die Arme vor der Brust verschränkt und lächelnd den Kopf geschüttelt.

„Na komm schon, nimm das Geld!"

„Kann ein Junge einem Mädchen kein Getränk mehr spendieren?", hatte er gefragt.

„Ein Getränk vielleicht, aber nicht sechs." Sie hatte eine Augenbraue gehoben, während er mit den Schultern gezuckt hatte. „Du wirst mein Geld wirklich nicht annehmen, hm?"

„Niemals."

„Na ja, dann … Dankeschön. Das ist sehr großzügig."

Sie hatte sich ihr Geld in die Hosentasche gesteckt und gelächelt, aber ihr war anzusehen gewesen, wie unangenehm ihr die Situation war. Er hatte sich gefragt, ob sie womöglich dachte, dass er versuchte, vor ihr den großen Max zu markieren, indem er für sechs Getränke zahlte. Nicht, dass er sich dafür zu schade gewesen wäre, aber das war nicht seine Absicht gewesen. Es wäre lediglich schwieriger gewesen, nur für das eine Getränk zu zahlen, das ihres war. Außerdem hätte sie dann leichter nein sagen können.

Peter war ihr Stück näher gekommen, damit sie ihn besser hören konnte. Sie hatte nach Rosen gerochen und irgendetwas Frischem, Grünem. „Ich bin übrigens Peter."

„Cassie. Hallo." Sie hatte erneut gelächelt und mit den Fingern gegen das Glas ihrer Bierflasche getippt, als sei sie unschlüssig, was sie sagen sollte.

„Schön, dich kennenzulernen, Cassie."

Jemand von ihrem Tisch musste ihr ein Zeichen gegeben haben, denn sie hatte einen Zeigefinger gehoben, um zu signalisieren, dass sie noch einen kurzen Moment brauchte, und ihm ins Gesicht geblickt. „Gleichfalls."

Sie hatte ihn nach seinem Job gefragt, aber ihm war aufgefallen, dass ihr Blick abwesend wurde, nachdem er angefangen hatte, von Lobbyarbeit und Kongressabgeordneten zu erzählen. Sie war ausgesprochen höflich gewesen und hatte gelacht, wenn er etwas Lustiges gesagt hatte, aber es war mehr als deutlich gewesen, dass sie nicht gerade beeindruckt war. Normalerweise hätte ihm das nichts ausgemacht; die meisten Frauen waren für ihn leichte Beute gewesen, vor allem in einem Jagdgebiet wie diesem, aber auch er handelte sich hin und wieder einen Korb ein. Man konnte schließlich nicht immer gewinnen. Aber in diesem Fall hatte er nicht verlieren wollen, und dabei hatte er gespürt, dass er kurz davor war.

Sie hatte ihm erzählt, dass sie in Brooklyn aufgewachsen wäre, und er hatte gefragt, ob ihre Eltern noch immer dort lebten. Für einen Augenblick war es ihm vorgekommen, als wäre sie kurz erstarrt, dann hatte sie ihm eröffnet, dass ihre Eltern zwei Jahre zuvor bei einem Autounfall ums Leben gekommen wären. Sie hatte versucht, so zu tun, als wäre das nichts Besonderes, aber ihm waren der unverarbeitete Schmerz in ihren Augen und ihr schweres Schlucken nicht entgangen. Er hatte genau gewusst, was in ihr vorgegangen war, wie sie sich für das gewappnet hatte, was unausweichlich auf so eine Aussage folgen musste: das unangenehme Schweigen und dann das Mitleid.

„Meine Familie ist bei einem Autounfall gestorben, als ich zwölf war", hatte er nur gesagt. „Meine Eltern und meine kleine Schwester." Fast hätte er sich verkniffen, was ihm als Nächstes in den Sinn gekommen war, aber er hatte sichergehen wollen, dass sie wusste, dass er verstand, was sie fühlte. „Es ist, als ob man in einem Haus wohnt, das kein Dach mehr hat. Findest du nicht?"

In dem Moment hatte sie ihn zum ersten Mal *wirklich* angesehen – und genickt. Dann hatte sie in die Richtung des Tisches geschaut, an dem ihre Freunde saßen. Ihr Atem hatte sich warm angefühlt, als sie ihm ins Ohr gesprochen hatte. „Die fragen sich bestimmt schon, wo ihre Drinks bleiben. Ich bin gleich wieder da, okay?"

Er hatte genickt. Sie war mit den Getränken zu ihren Freunden gegangen und hatte sich neben Penny gesetzt. Kurz hatte er befürchtet, dass sie vielleicht gar nicht wiederkommen würde, aber sie hatte ihr Bier auf der Theke stehen lassen. Sie hatte Penny etwas ins Ohr geflüstert und war aufgestanden.

Nachdem seine Eltern gestorben waren, hatte er sich so ausgesetzt und entwurzelt gefühlt. Und das, trotzdem er die stattliche Vorkriegswohnung seiner Großmutter geerbt hatte, in der er fortan gewohnt hatte. Die Welt war mit einem Schlag feindselig und gefährlich geworden; sie war ein Ort, an dem man nur überlebte, wenn man sich griff, was man zu fassen bekam, und sich dann in Sicherheit brachte. Egal, wo. Er konnte nicht glauben, dass er das gerade ausgesprochen hatte – und zu allem Überfluss noch in Gegenwart einer ihm völlig Fremden – aber diese Worte waren der Grund dafür, dass sie in diesem Augenblick ihre Freunde hinter sich ließ und wieder auf ihn zu kam. Alle spendierten Getränke und Kongressabgeordneten der Welt hätten sie nicht beeindruckt. Diese Frau war echt, sie *wollte* es echt. Aber echt war gefährlich. Echt konnte einen verletzen.

Sie hatte einen Barhocker herangezogen und ihm dasselbe Lächeln geschenkt, das sie eben auch ihren Freunden zuteilwerden lassen hatte. Ein Lächeln, das ihr ganzes Gesicht zum Leuchten gebracht hatte und bei dem sich Lachfalten um die hellbraunen Augen mit den dunklen Wimpern legten. Er hatte seit Jahren nicht über den Unfall gesprochen. Wenn sich ausnahmsweise mal jemand genug für ihn interessierte, um ihn nach seiner Familie zu fragen, sagte er nur, dass sie tot seien. Seine Schwester, Jane, erwähnte er niemals. Und das nicht nur, weil die Erinnerung an sie noch immer zu schmerzhaft war, sondern vor allem, weil sie in ihm eine irrationale Angst davor weckte, man könne ihm sein schlechtes Gewissen ansehen und würde ihn weiter ausfragen, bis seine Schuld zweifelsfrei festgestellt wäre. Aber Cassie schien nur allzu gut zu wissen, was es mit einem machen konnte, wenn man darüber sprach – das hatte er ihr sofort angesehen.

Und dann hatten sie sich richtig unterhalten, über Gott und die Welt. Sie hatte ihm von ihrer Arbeit erzählt und davon, wie sehr sie es liebte, den Kindern aus ihrer Nachbarschaft die Kunst näherzubringen. Dass sie kaum noch für sich selbst malte. Sie hatte ihn weiter über seinen Job ausgefragt und seinen Worten mit schräg gelegtem Kopf und vom vierten Bier geröteten Wangen gelauscht. „Gefällt dir dein Job wirklich? So klingt das nämlich ehrlich gesagt gerade nicht."

„Nein, ich hasse ihn", sagte er ein wenig eindringlicher als geplant. Das war die Wahrheit, aber er hatte sie noch nie laut ausgesprochen.

Cassie hatte ihm einen Zeigefinger in die Brust gedrückt und ihn mit offenem Mund angestarrt. „Du *hasst* ihn? Aber warum verbringst du dann jede Woche Millionen Stunden damit? Das Leben ist zu kurz für so einen Scheiß. Du solltest tun, was du liebst. Oder zumindest, was du *magst*. Oder was du *aushalten* kannst. Mindestens das!"

Er hatte mit den Schultern gezuckt und sich gefragt, *warum* er eigentlich tat, was er tat. Sie hatte entschuldigend gelacht und abgewinkt. „Ach, ignorier mich einfach. Ich sollte nicht so klug daherreden und mir lieber mal an die eigene Nase fassen."

Ein paar Stunden später war ein gut gekleideter breitschultriger Kerl mit blondem Haar heran spaziert. Er hatte den Arm schützend um Cassies Schultern gelegt und Peter einen langen, prüfenden

Blick zugeworfen. Dabei hatte er das unnötig teure T-Shirt, die Vierhundert-Dollar-Jeans und die neuen Schuhe in Augenschein genommen, ohne beeindruckt zu wirken. „Zeit, zu gehen. Die machen hier bald dicht."

„Nelly, das ist Peter", hatte Cassie sie einander vorgestellt. „Peter, Nel."

„Vielen Dank für das Bier!" Nel hatte seine Hand geschüttelt und sich wieder zu Cassie umgedreht. „Komm, wir teilen uns ein Taxi."

Cassie war aufgestanden und hatte ihre Hand auf Peters gelegt. „Es war wirklich schön, dich kennenzulernen. Auf dass wir beide meinen guten Ratschlag befolgen, hm?"

Peter hatte nicht gewollt, dass sie schon ging. Ihm war klar gewesen, dass sie ihm niemals ihre Nummer geben würde, solange ihr überfürsorglicher Freund im Hintergrund herumlungerte. Und wenn er ihr seine Visitenkarte zustecken würde, würde sie ihn zweifelsohne erst recht niemals anrufen. „Wie wär's, wenn ich dir nachher einen Wagen rufe? Wir haben im Büro immer einen auf Abruf. Na, was sagst du? Noch ein Bier?"

Sie hatte sich auf die Lippe gebissen und Nel einen fragenden Blick zugeworfen. Er hatte mit einem Dein-Leben-deine-schlechten-Entscheidungen-Schulterzucken reagiert. Peter hatte ihre Hand gedrückt und ihr sein überzeugendstes Lächeln geschenkt. „Ich brauche noch mehr von deinen guten Ratschlägen. Oder willst du wirklich verantworten, dass ich für den Rest meines Lebens diesen fürchterlichen Job mache, den ich hasse?"

Sie hatte laut losgelacht. „Du hast recht. Das wäre fatal."

„Schreib mir einfach, sobald du zu Hause bist", hatte Nel gesagt und ihr einen Kuss auf die Wange gegeben. Der Blick, den er Peter zugeworfen hatte, bevor er gegangen war, war eines großen Bruders oder Vaters würdig gewesen. Er war es also, den es zu überzeugen galt, wenn er bei Cassie jemals gute Chancen haben wollte. Ihn hatte die leise Ahnung beschlichen, dass das keine leichte Aufgabe werden würde.

Sie waren noch geblieben, bis die Bar geschlossen hatte. Er hatte darüber nachgedacht, sie zu fragen, ob sie nicht mit zu ihm nach Hause kommen wolle, aber damit hätte er sich auf direktem Weg in die Kategorie jener Typen katapultiert, die Frauen in einer Bar nur aufgabelten, um ihnen anschließend an die Wäsche zu gehen, und das wäre höchst unvorteilhaft gewesen. Nicht, dass er ihr nicht an die Wäsche gewollt hätte – wenn es nach ihm gegangen wäre, wäre ihre billige Jeans ziemlich schnell auf dem Boden gelandet – aber er hatte sie nicht verschrecken wollen. Sie hatten die kühle Luft der Morgendämmerung genossen, waren langsam vor der Bar auf und ab gegangen und hatten sich unterhalten, während sie auf den Wagen warteten. Cassie hatte sich eine Zigarette angezündet und erklärt, dass sie endlich auf eine einzige pro Tag herunter wäre.

„Aber nach einem Bier ... beziehungsweise mehreren Flaschen Bier ... na ja." Sie hatte den Rauch durch die Nase ausgeblasen und genießerisch geseufzt.

Peter hatte gelächelt, obwohl er Zigaretten verabscheute. Es war ihm egal gewesen, was dieses Mädchen tat, solange sie es in seiner Nähe tat. Sie war normal und witzig und gleichzeitig irgendwie seltsam. Und hübsch, aber auf eine Art, die einem erst viel später auffiel und einen nicht beim ersten Blick vom Hocker haute. Sie war ein bisschen wie seine Mutter, war ihm aufgefallen, mit dem Unterschied, dass er seine Mutter nicht so küssen wollte, wie er Cassie am liebsten geküsst hätte. Trotz der Kippe, an der sie gesogen hatte, als enthielte sie überlebenswichtigen Sauerstoff.

Der Wagen war herangerollt und sie hatte die Zigarette ausgedrückt, dann hatte sie sich hastig nach einem Mülleimer umgesehen. „Ich kann sie nicht einfach auf die Erde schmeißen. Das kommt davon, wenn man mit zwei Alt-Hippies aufgewachsen ist."

Er hatte seine Hand aufgehalten. „Gib her, ich kümmere mich drum."

„Danke!" Sie hatte sie ihm auf den Handteller gelegt und ihn nervös angelächelt. „Okay, na dann, gute Nacht. Hat mich wirklich gefreut."

Der Motor des schwarzen Wagens hatte leise hinter ihr gerumpelt. Peter hatte das hier schon tausendmal gemacht, aber dieses Mal – zum ersten Mal, seit er kein Teenager mehr war – hatte er wirklich Angst davor gehabt, abgewiesen zu werden. Er hatte sich geräuspert.

„Darf ich dich vielleicht mal anrufen? Du weißt schon, wenn ich mal wieder einen oder zwei gute Ratschläge brauche."

Cassies Hand hatte bereits auf dem Griff gelegen. „Ich weiß nicht – ich bin eigentlich nicht …" Dann hatte sie zum Himmel aufgesehen und mit den Schultern gezuckt. „Nein, weißt du was? Warum eigentlich nicht? Wird Zeit, dass ich meine eigenen Ratschläge beherzige."

Sie hatte ihre Nummer in sein Handy getippt und es ihm zurückgegeben. Dann, noch bevor es ihm in den Sinn gekommen war, ihr einen Gute-Nacht-Kuss zu geben, war sie auf den Rücksitz des Wagens gehuscht. „Gute Nacht, Petey."

Er hatte bereits vergeblich versucht, ihr auszureden, ihn Petey zu nennen, aber scheinbar war sie ein großer Fan von Kosenamen. „Gute Nacht, Cassandra."

Sie hatte gelacht, denn sie hatte ihm vorhin verraten, dass niemand sie je bei ihrem vollständigen Namen nannte. Er war noch eine Weile stehen geblieben und hatte dem davonfahrenden Auto hinterher gesehen, während er wie ein Vollidiot gegrinst hatte. Er mochte sie schon jetzt viel mehr, als er das nach den nur paar Stunden für möglich gehalten hätte. Und es war ihm vollkommen egal gewesen, dass seine Hand wie ein Aschenbecher gestunken hatte.

***

„So, kann losgehen", sagte Chuck und unterbrach Peters kleine sentimentale Zeitreise.

Peter schüttelte die Erinnerung ab. Obwohl mit Cassie alles anders gekommen war, als er damals gehofft hatte, war es noch immer eine schöne Erinnerung. Auch wenn er sich niemals hätte träumen lassen, dass ihm die Begegnung mit ihr an diesem Abend einmal das Leben retten würde – und das in mehr als nur einer Hinsicht. „Soll ich eins von den Ruderbooten nehmen?"

„Wenn dir das Rudern nichts ausmacht? Wir benutzen die Motoren nur, wenn es nicht anders geht. Wir haben zwar nur

Elektromotoren – die sind leiser – aber geladen werden müssen sie trotzdem."

„Ja, kein Problem."

Peter ergriff die Ruder und war innerhalb kurzer Zeit bei der Insel. Chuck und Nat saßen im Kanu, während Rich das zweite Ruderboot mit langen, gleichmäßigen Zügen steuerte. Chuck dirigierte Peter zu einem natürlichen kleinen Strand am Ufer der Insel, wo er aussteigen konnte, ohne seine Stiefel nass zu machen.

„Wir ziehen die Boote immer an Land und verstecken sie dort drüben in den Büschen", sagte Chuck, „aber erst mal entladen wir und dann suchen wir einen Wagen für dich aus."

Peter folgte den dreien mit seinem Gepäck durch die Bäume und verschaffte sich einen ersten Eindruck von der Insel. Sie musste ein bisschen weniger als einen halben Hektar Grundfläche haben, aber sicher war er nicht. Seine Talente lagen anderswo, aber er hatte viel gelernt in den letzten Monaten. Inzwischen konnte er problemlos mit James über Elektrik plaudern, mit John zum Thema Waffen fachsimpeln und sogar Nelly in Sachen Sarkasmus schlagen, ohne sich wie ein Hochstapler zu fühlen, der eigentlich keine Ahnung hat, was er gerade tut.

Ein schmaler Pfad führte sie zu einer kleinen Hütte, die aus allerlei bunt zusammengewürfelten Brettern zusammengezimmert war und solide Sturmfenster hatte, die für den kalten Winter in Vermont perfekt waren. Von der kleinen Veranda aus betrat man den etwa sechs mal sechs Meter großen Wohnraum. Es gab zwei Türen. Wahrscheinlich führten sie zu den Schlafzimmern, nahm Peter an. Eine weitere Tür fand sich neben der Kochnische. Vielleicht gab es sogar ein Badezimmer. Es war hell und gemütlich, obwohl die Gipsplatten mehr schlecht als recht zusammengeklebt und unbemalt waren. Chuck bemerkte seine Blicke und klopfte demonstrativ gegen die Wand in der Küchenecke. Hier gab es ein Waschbecken ohne Wasserhahn, Regale, auf denen sich Konserven türmten, und einen Holzofen zum Heizen und Kochen.

„Es gibt schönere Häuser, aber glaub mir: stabil ist es. Und warm – die Isolierung kann sich sehen lassen. Deswegen auch die Gipsplatten. Nat hat vor, alles zu streichen. Stimmt's, Nat?"

Aber Nat war bereits durch eine der Türen in ihr Zimmer verschwunden. Durch die offene Tür konnte Peter eine Matratze und eine Kommode sehen, an den Wänden Poster und ein Regal mit Büchern.

„Wie habt ihr es bloß geschafft, all das hierher zu transportieren?", fragte Peter.

„Auf der anderen Seite der Insel haben wir ein größeres Boot. Verbraucht viel Sprit, aber für die großen Sachen ist es perfekt."

Peter nickte und nahm den Rest der Hütte in Augenschein. Es war deutlich, dass sie von zwei Kerlen entworfen und gebaut worden war, und so sehr er die Person, die er einmal gewesen war, verabscheute, so gern hätte er doch hier und da ein wenig Hand angelegt und dem Ganzen einen letzten Schliff verpasst. Die einfache braune Couch war nicht schlecht, aber er hätte sie an der Wand neben den Fenstern platziert und nicht mitten im Raum, wo sie viel zu viel Platz wegnahm, und die Lehnstühle hätten super daneben gepasst und die gemütliche Wohnzimmerecke vollendet. Den Esstisch hätte er so hingestellt, dass er den Raum geöffnet hätte. Die hässlichen braunen Holztischchen in einer helleren Farbe angestrichen. Ein paar Gardinen aufgehängt, um die schwarzen Verdunkelungsvorhänge zu kaschieren. Ein paar helle Kissen hier und da in der Sofaecke hätten Wunder gewirkt. Ja, man saß nicht jahrelang als stiller Beobachter neben seiner Großmutter, wenn sie sich mit ihren Dekorateuren beratschlagte, ohne das eine oder andere aufzuschnappen.

„Gemütlich hier", sagte Peter.

„Tja. Ist halt praktisch", sagte Chuck, aber man konnte ihm anhören, dass er stolz war. Ebenso stolz wie Peter es gewesen war, wenn er beim Ausheben des Schutzgrabens oder beim Reparieren des Zauns geholfen hatte.

„Habt ihr Solar?", fragte er.

„Nee", erwiderte Chuck. „Damit kennen wir uns nicht aus. Wir haben eine Komposttoilette, die wir selbst gebaut haben, aber das ist das höchste der Gefühle."

Peter nickte. Sie würden es schon schaffen, solange sie genug Holz und Lebensmittel hätten. Sich auf einer Insel zu verschanzen, war nicht blöd, nur gab es wenige Möglichkeiten, um ausreichend Gemüse und Obst anzubauen. Er trat ans Küchenfenster und warf einen Blick hinaus in den Garten. Einige umstehende Bäume waren vor nicht allzu langer Zeit gefällt worden, um mehr Sonnenlicht hindurchzulassen, aber genug zum Überleben würde hier niemals wachsen.

Es gab ein paar Tomaten, die rot und reif waren und ihn an Ana erinnerten. Sie liebte Tomaten. In diesem Moment erschien es ihm wie das Verrückteste der Welt, dass er dreißig Jahre alt war und sie nicht geküsst hatte, obwohl es doch so offensichtlich gewesen war, dass sie nur darauf gewartet hatte. Ana war umwerfend schön, lustig und, wenn er ganz ehrlich war, ein bisschen verrückt. Aber mit der Zeit hatte er diesen Aspekt ihrer Persönlichkeit zu schätzen gelernt. Es gab keine Grauzonen; ihre Welt war schwarz und weiß. Dazwischen gab es nichts. Das war ein klarer Vorteil, wenn man das Glück hatte, sie auf seiner Seite zu haben – aber gefährlich, wenn einem dieses Glück verwehrt blieb. Aber obwohl sie ihn damit manchmal in den Wahnsinn trieb, bewunderte er sie doch für ihre Unbeirrbarkeit.

Er hatte beinahe zwei Jahrzehnte mit der Angst gelebt, dass den wahren Peter niemals jemand lieben könnte – seine Großmutter hatte das zumindest ganz offensichtlich nicht gekonnt. Er liebte Anas Gleichgültigkeit in Bezug auf die Gefühle anderer Menschen ihr gegenüber; entweder man mochte sie oder man mochte sie nicht. *Sie* würde bestimmt keine Energie darauf verschwenden, irgendwen vom Gegenteil zu überzeugen. Und jetzt, da sie ihre nervige Kleine-Schwester-Phase überstanden hatte, war sie bei allen und jedem beliebt. Sie war stark, nahm kein Blatt vor den Mund und hatte ein Talent dafür, Zombies umzulegen, aber sie hatte sich auch eine neue, weichere Seite zugelegt. Es war deutlich, wie sehr sie ihre neue „Familie" liebte, auch wenn sie es noch so sehr hinter dem frechen Grinsen und dem Schädelspalter, den sie immer mit sich herumschleppte, zu verstecken versuchte.

Er hatte eigentlich gar nichts mit Ana anfangen wollen, denn wie unangenehm wäre es bitte, nicht nur mit einer, sondern mit gleich *zwei* Ex-Freundinnen zusammenzuleben? Bis Cassie ihn gestern Abend leicht angetrunken dazu aufgefordert hatte, endlich aufzuhören, Zeit zu verschwenden, und anzufangen, glücklich zu sein. Das hatte er sich zu Herzen genommen, aber gerade, als er damit anfangen wollte, waren die Lexer aufgetaucht.

Wenn er Ana das nächste Mal sah, würde er ihr Gesicht in seine Hände nehmen und sie küssen, als gäbe es kein Morgen. Endlich würde er ihre seidig-braune Haut unter seinen Fingern spüren. Er wünschte, sie hätten zumindest diesen einen Tanz gehabt, um den er Ana am Abend zuvor gebeten hatte. Jenen Tanz, der diese aufregende Spannung, die in den vergangenen Wochen zwischen ihnen entstanden war, hätte auflösen sollen. Er seufzte; Tagträume waren sinnlos, die einzige Chance, seine Wünsche Wahrheit werden zu lassen, war immer noch Kingdom Come.

„Habt ihr Kartoffeln in der Erde?", fragte Peter, um die Stille zu füllen, die entstanden war, während er verträumt aus dem Fenster gestarrt hatte. Vielleicht war das normal nach so einer Nahtoderfahrung, aber irgendwie war er heute besonders in sich gekehrt.

„Nein, wir sind ein bisschen spät dran gewesen. Wir haben die ersten Sommermonate eigentlich nur überlebt, weißt du?"

„Ja, das macht Sinn. Ihr solltet versuchen, noch welche in den Supermärkten und Häusern zu finden. Ich kenn mich mit Gartenarbeit auch nicht so aus, aber ihr könntet zumindest versuchen, sie für den nächsten Frühling aufzubewahren, zum Einpflanzen. Kartoffeln lassen sich auch gut auf kleinem Raum pflanzen. Vertikal, sozusagen. Man deckt sie einfach mit mehr Erde oder Stroh zu."

„Das ist keine schlechte Idee. Viel Platz haben wir ja nicht gerade. Nächstes Jahr wollen wir einen Garten auf dem Festland anlegen. Wenn wir dann noch hier sind."

Nach einigen Ruderfahrten hin und her war alles auf die Insel geschafft. Chuck bedankte sich bei ihm und sagte dann: „Na, dann wollen wir dich mal abfahrbereit machen, was?"

„Ich komme mit!", kündigte Nat an, die wie aus dem Nichts aufgetaucht war. Sie hatte sich einen Badeanzug angezogen und trug ein kurzes Sommerkleid darüber. „Ich will sowieso eine Runde schwimmen. Mit einem Stück Seife."

„Na gut", sagte Chuck. „Ich hab ein paar Sachen für die Wagen, also nehm ich das Ruderboot. Pete, steigst du mit Nat ins Kanu, damit sie nicht im Kreis rudert?"

Natalie streckte ihrem Vater die Zunge heraus und kicherte. Jetzt, da sie hier war, schien sie sehr entspannt; das waren sie überhaupt alle. Er konnte Rich vor der Hütte vor sich hin summen hören, er streichelte den Hund, den Peter bei ihrer Ankunft nur aus dem Augenwinkel gesehen hatte.

Die Bäume spendeten genug Schatten, um die Hitze ein wenig in Schach zu halten; vielleicht trug auch das Wasser dazu bei. Der Tag, der in Bennington stickig und heiß gewesen war, ließ sich hier gut aushalten. Es wehte sogar eine leichte Brise. Peter stopfte seine Jacke in den Rucksack, als sie auf die Boote zu liefen. Unterwegs trug er sie wegen der zusätzlichen Schutzschicht, aber hier gab es keinen Grund, sie beim Rudern unnötig zu verschwitzen.

Rich kam ums Haus herum. „Machst du dich vom Acker?"

„Ja", antwortete Peter und hielt ihm die Hand hin. „Vielen Dank für die Hilfe. Du hast ja keine Ahnung, wie dankbar ich euch bin."

Rich schüttelte seine Hand mit einem Nicken, das alles sagte, was zu sagen war, und verschwand hinter der Hütte.

„Onkel Rich ist kein Mann vieler Worte", sagte Natalie. Sie watschelte auf Flip-Flops zum Ufer. „Verstehst du jetzt, warum ich hier fast verrückt werde? Kannst du nicht zumindest ein paar Tage bleiben?"

„Peter will zu seinem kleinen Mädchen", sagte Chuck. Er pflückte eine Schwimmweste vom Ast eines Baumes bei den Booten und hielt sie Nat hin. „Anziehen."

„Auf dem Weg hierher hatte ich auch keine an, Papi. Ich kann schwimmen, seit ich fünf oder so bin!"

„Auf dem Weg hierher konntest du sie nicht tragen, weil sie hier hing. Sonst hättest du sie getragen, glaub mir. Wie lautet die erste Regel?"

Da Nat schwieg, antwortete Peter: „Sicherheit. Eine gute Regel, wenn du mich fragst."

„Verräter!", sagte Natalie, aber sie lachte ihn an und schnallte sich die Weste gehorsam um.

Die Wagen standen ein Stück von der Stelle entfernt, wo sie vorhin angekommen waren. Peter ruderte, als würde er dafür bezahlt werden. Nat gab sich die größte Mühe, mitzuhalten, aber gebraucht hätte er ihre Hilfe nicht. Die Aussicht darauf, in einer Viertelstunde hinterm Steuer eines Pick-ups zu sitzen und die ganze Nacht zu fahren, bis er Kingdom Come erreichte, verlieh ihm fast übermenschliche Kräfte.

Natalie sprang aus dem Kanu, noch bevor sie das Ufer erreicht hatten, und begann, im knietiefen Wasser herumzuplanschen. Auch hier fand sich eine kleine grasbewachsene Lichtung, von der aus eine ähnlich löchrige Straße abging, wie die, über die sie hergekommen waren. Auf der Lichtung standen ein Pick-up und ein Mercedes G-Klasse.

„Nicht schlecht!", sagte Peter anerkennend, als Chuck ihn mit dem Ruderboot einholte. „War das deiner, von vorher?"

Chuck lachte. „Ja klar, mal eben hunderttausend Dollar für ein Auto? Aber logisch. Hab ihn immer neben meinem Rolls Royce geparkt. Wenn schon, denn schon. Kennst du dich mit Autos aus?"

„Na ja, geht so. Aber ich hatte einen S600."

„Hui!" Chuck stieß einen leisen Pfiff aus. „Da hast du dich ja ganz gut über Wasser gehalten, was?"

„Wenn man so will", sagte Peter leise. Nicht wirklich, wollte er hinzufügen. Er war kein großer Fan dieser neuen Welt, aber er war wohl der Einzige, der fand, dass es besser nicht hätte kommen können.

„Es war ein großes Haus, ein Stück außerhalb von Manchester. Anders hätte ich nie …"

Ein schriller Schrei schnitt durch die Luft. Nat war aus dem Wasser und hinter die Wagen gesprungen, dabei hatte ihr Vater ihr zuvor extra noch einmal eingeschärft, dass sie dorthin erst gehen dürfe, nachdem er die Lichtung gesichert hätte. Ihre nassen Handflächen klatschten auf die Motorhaube. Peter sah gerade noch ihr entsetztes Gesicht, bevor sie abrutschte und auf der anderen Seite des Pick-ups verschwand. Chuck war schnell, aber Peter war schneller. Mit zwei großen Sätzen war er mit hoch erhobener Machete bei ihr.

Der Lexer hatte Nat an der Weste gepackt. Er zog sie langsam, aber stetig rückwärts in Richtung Wasser, obwohl sie sich mit aller Kraft und nackten Füßen vorwärts stemmte. Peter wusste, dass er nur eine einzige Chance hatte, sie von dem Lexer zu befreien; seine Zähne klapperten gefährlich nahe an ihrem Nacken und im Wald hörte er bereits ein verdächtiges, unheilverkündendes Rascheln.

„Runter! Jetzt!", bellte er, und Nat gehorchte augenblicklich.

Er schwang die Klinge und traf den Lexer in den Mund, was den Unter- vom Oberkiefer trennte und den Schädel in hohem Bogen zwischen die Bäume fliegen ließ. Die Neuankömmlinge schlurften bereits auf die Stelle zu, wo Natalie unter dem bewegungslosen Körper des ersten Lexers begraben lag. Seine grauen Finger waren noch immer in den Riemen ihrer Schwimmweste verhakt. Peter versenkte seine Machete im Auge eines der Lexer, zog sie wieder raus, warf sie sich in die linke Hand und wirbelte herum, um zwei weitere hinter ihm aus nächster Nähe zu erschießen. Normalerweise war es das Beste, Schusswaffen zu meiden, weil man durch den Lärm alles in einem Umkreis von ein paar Kilometern anlockte, aber manchmal ließ es sich einfach nicht umgehen. Er musste unwillkürlich an Ana und ihre extrem harten und übertrieben zahlreichen, aber ganz offensichtlich sinnvollen Trainingseinheiten denken. Er musste sich bei nächster Gelegenheit bei ihr bedanken.

Chuck hatte den übrigen beiden Lexern mit seiner Pistole den Rest gegeben und stand jetzt über Nat gebeugt. Er versuchte, sie von dem auf ihr liegenden kopflosen Monstrum zu befreien. Und deshalb sah er auch nicht, dass in dem Moment hinter dem zweiten Wagen ein Nachzügler auftauchte. Peter reagierte blitzschnell, drückte ab und traf den Lexer direkt zwischen die Augen. Aber die Kugel kam zu spät, um den Vorwärtsdrall des untoten Körpers aufzuhalten, der jetzt gegen Chuck prallte, ihn aus dem Gleichgewicht brachte und gegen Peters Knöchel stoßen ließ.

Ein reißender Schmerz schoss durch Peters gesamtes Bein, als Chuck ihn mit voller Kraft erwischte, obwohl ihm seine Stiefel gute Stabilität boten. Er legte einen Arm auf das Dach des Pick-ups, um sich abzustützen, und wartete darauf, dass der anfängliche

Schmerz sich legen würde, während Chuck sich aufrappelte und auch Nat auf die Beine half. Ihr gesamter Hinterkopf war voller Zombie-Hirnmasse und ihr elfenhaftes Gesicht vor lauter Aufregung gerötet. Sie schnappte nach Luft, als Chuck sie von der Weste befreite und jeden Zentimeter ihres Körpers genau untersuchte. Dann drehte er sich zu Peter um und hob beide Augenbrauen in ungläubiger Erleichterung.

„Himmelherrgott!", sagte er. Sein Gesicht war fast ebenso rot wie Nats. „Er hatte sie schon zu fassen. Gott im Himmel …"

Chuck öffnete die Tür des Pick-ups und setzte Natalie auf den Beifahrersitz. Dann knallte er die Tür zu und spähte in den Wald, bevor er sich schwer gegen die Tür sinken ließ. „Ich hätte es nie rechtzeitig geschafft."

„Doch, das hättest du bestimmt", sagte Peter.

Ob das die Wahrheit war oder nicht, wusste er selbst nicht so genau, aber Chuck musste es hören – und glauben. Chuck starrte gedankenverloren vor sich hin. Er zitterte nicht, aber er sah aus wie einer, der gerade einen wiederkehrenden Albtraum durchlebt. Peter wusste das, weil er das Gefühl selbst besser kannte, als es ihm lieb war.

„Ich weiß auch nicht", sagte Chuck. Er starrte Peter an und versuchte nicht, die Tränen zu verbergen, die seine Augen in diesem Moment füllten. „Danke, dass du meine Kleine gerettet hast. Wenn du die G-Klasse willst, nimm sie. Sie gehört dir."

Peter lachte leise, zuckte aber zusammen, als er mit seinem angeschlagenen Fuß auftrat. Jetzt, wo das Adrenalin nicht mehr durch seinen Körper pumpte und er wieder normal atmen konnte, war der Schmerz, den er zuvor kaum wahrgenommen hatte, wesentlich schlimmer geworden. Sein Stiefel fühlte sich plötzlich viel zu eng an.

„Ich hab deinen Knöchel ganz schön erwischt, was?", fragte Chuck. „Lass mich mal sehen."

Peter setzte sich auf einen Stein, löste die Schnürsenkel und zog sich Stiefel und Socke aus. Sein Fußgelenk war bereits jetzt dick geschwollen und dunkelrosa.

„Ach, du lieber Gott, das tut mir wirklich leid", sagte Chuck.

Peter schüttelte den Kopf. Zu allem Übel war es auch noch der rechte Fuß. Aber zur Not würde er auch mit dem linken fahren können, da war er sich sicher. „Das wird schon wieder. Die Schwellung geht bestimmt bald zurück."

Chuck rieb sich das Kinn und verzog das Gesicht zu einer zweifelnden Grimasse. „Na, ich weiß ja nicht. Das sieht echt nicht gut aus. Hast du ein Knacken gehört oder gespürt?"

„Nein, ich glaube, es ist nur verdreht."

„Das klingt ja schon mal vielversprechend. Rich wird uns mehr sagen können – er ist Krankenpfleger."

Der wortkarge, Flanellhemden tragende und klassische Musik spielende Rich war also Krankenpfleger. Peter lächelte trotz des beißenden Schmerzes und der unangenehmen Vorahnung, dass sein geschwollener Knöchel ihm die Pläne durchkreuzen würde. „Stille Wasser sind tief."

„Du hast ja keine Ahnung." Chuck lachte sein herzliches Lachen und warf ihm einen väterlichen Blick zu. „Also, ich denke, das Beste wäre, wenn du wieder mit zurückkommst. Zumindest für die Nacht. Es ist sowieso besser, morgens aufzubrechen."

Peters Kehle schnürte sich zusammen. Eigentlich hätte er sich in diesem Moment verabschieden und losfahren wollen. Andererseits, sagte er sich, hätte er in diesem Moment auch tot auf einem Müllcontainer liegen können, also war noch eine weitere Nacht hier in Wirklichkeit tausendmal besser als die Alternative. Er stieß sich mit den Händen vom Stein hoch und stellte die Zehen seines rechten Fußes versuchsweise auf der Erde auf. „Ja, da magst du recht haben."

KAPITEL 3

Peter lag auf der Couch und sein Fuß auf der Armlehne, so dass Rich ihn eingehend untersuchen konnte. Obwohl seine Handgriffe routiniert und überraschend sanft waren, zuckte Peter bei jeder Berührung zusammen. Es tat beinahe so weh wie damals sein gebrochener Arm, als er neun war.

„Nichts knirscht, wenn ich das Gelenk bewege?", fragte Rich.

„Nein."

„Tja, mit Genauigkeit lässt sich zwar nichts sagen, aber meiner Einschätzung nach ist das Fußgelenk so richtig schön verstaucht. Am besten belastest du es eine Woche lang gar nicht, und danach mindestens noch eine Woche so wenig wie möglich. Aber mal sehen, wie es sich entwickelt. Ich hol dir erst mal ein bisschen kaltes Wasser vom See, damit du es kühlen kannst, und dann machen wir einen Verband drum."

„Ich wollte eigentlich morgen früh los."

Während der Untersuchung hatte Rich keine Miene verzogen, aber jetzt hockte er sich seufzend und mit verständnisvollem Blick neben Peters Kopf auf den Fußboden. „Ich weiß. Und ich kann's auch gut verstehen. Aber damit wirst du dir selbst keinen Gefallen tun. Was, wenn du mal aus dem Auto raus musst? Die Straßen nördlich von hier sind nur teilweise befahrbar, das gilt auch für die kleineren Überlandstraßen. Ich weiß das, weil ich selbst da gewesen bin. Und mit deinem verstauchten Gelenk kommst du zu Fuß nicht weit."

Peter betrachtete die Baumkronen durchs Fenster und biss sich auf die Lippe. Das half immer, wenn er merkte, dass er weinen musste. Das erste und letzte Mal seit etlichen Jahren hatte er vor Cassie geweint, auf den Stufen der Veranda vor ihrer Hütte im Wald.

„Wenn du den Fuß zu schnell zu sehr belastest, kann es noch viel schlimmer werden und verheilt nicht richtig", fuhr Rich fort.

Er machte eine Handbewegung aus dem Fenster. „Und wir leben nicht gerade in einer Welt, in der man mit einem Fuß unterwegs sein sollte, der nicht vernünftig funktioniert, oder?"

„Wenn's nicht anders geht", sagte Peter. Ihm war klar, dass Rich recht hatte. „Tut mir leid, dass das hier passieren musste und ich jetzt bei euch festsitze. Ich weiß, dass ihr selbst nicht viel habt, was ihr teilen könnt."

„Essen können wir immer finden", sagte Rich und blinzelte ein paar Mal hastig. „Aber was wir nicht so einfach finden können, ist eine neue Natalie. Ich hol dir mal das Wasser."

Er tätschelte Peters Schulter und verließ leise summend die Hütte. Es hörte sich an wie Beethovens siebte Sinfonie.

***

Der nächste Tag war brütend heiß, was die Hitze in Peters Knöchel noch zu verstärken schien. Natalie kam aus ihrem Zimmer und hockte sich auf die Lehne der Couch. Ihre Augen waren verquollen und sie sah erschöpft aus, obwohl sie seit gestern Abend durchgeschlafen hatte.

„Ich weiß, ich hab mich schon bedankt", sagte sie. „Aber ich wollte es trotzdem noch mal sagen: Danke, dass du mich gerettet hast." Sie schlug den Blick nieder. „Und es tut mir wirklich leid, dass ich der Grund dafür bin, dass du jetzt doch nicht loskonntest. Mein Vater würde mir Hausarrest verpassen, wenn ich hier nicht ohnehin festsitzen würde."

Sie warf ihm unter dem blonden Haar einen verlegenen Blick zu, der Peter zum Lachen brachte. „Ich bin nur froh, dass ich in dem Moment da war. So schnell kann man nämlich gar nicht gucken. Deswegen hat dein Papa auch diese Regeln aufgestellt."

Nat seufzte. „Ich weiß."

„Na ja, jedenfalls sind wir jetzt quitt. Du hast mich gerettet und ich dich. Alles klar?"

„Daran hatte ich schon gar nicht mehr gedacht", sagte Natalie und grinste. „Aber nichtsdestotrotz stehe ich in deiner Schuld, bis du hier wegkannst. Kann ich dir irgendwas Gutes tun?"

Es widerstrebte Peter, eine Sechzehnjährige zu bitten, ihm aufs Klo zu helfen. Das wäre für sie beide unangenehm. „Ich müsste bloß mal meine morgendliche Toilette erledigen. Du weißt schon, Zähneputzen und so …"

Sie lief zu einem der kleinen Couchtische und kam mit einem länglichen Stock zurück, der an einem Ende V-förmig gegabelt war. „Eine Krücke. Papa hat gesagt, er wolle dir eine machen."

„Danke."

Peter humpelte ins Bad. Die selbstgebaute Komposttoilette stand mitten im Raum, der in etwa die Größe eines Kleiderschranks hatte. Dass es ein Klo war, roch man nicht; wahrscheinlich verschwand alles in einem Tank irgendwo draußen und wurde dort kompostiert. Bei Cassie hatte es eine Toilette mit Klospülung gegeben, aber diese Form von Luxus würde schon sehr bald der Vergangenheit angehören.

Er wühlte in seinem Rucksack herum, bis er fand, was er suchte: Ganz unten in einem kleinen Plastikbeutel lagen Zahnbürste und Zahnpasta. Wahrscheinlich Cassies Werk, denn es gab sogar Zahnseide. In den kleinen Rucksäcken war all das, was man im absoluten Notfall brauchte, wenn man sogar den Notfallrucksack zurücklassen musste: ein paar EPAs, eine Taschenlampe, eine Notfalldecke und ein Regenponcho, Trinkwasser, Munition, ein Messer und ein sauberes Hemd sowie ein paar Medikamente. Nur Cassie konnte der Meinung sein, dass Mundhygiene ebenfalls zu dieser Kategorie gehörte. Er drückte ein wenig Zahnpasta auf die Zahnbürste, und als er wenige Minuten später den Mund mit einem Schluck Wasser ausspülte, fühlte er sich gleich viel sauberer als zuvor. Eine Illusion, kein Zweifel, aber im Stillen bedankte er sich doch bei Cassie und ihrer Voraussicht.

Sein Knöchel brannte vor Schmerz, also humpelte er zurück zur Couch, streckte das Bein aus und legte seinen Fuß auf den Couchtisch. Er war es nicht gewöhnt, lange zu sitzen, erst recht nicht in letzter Zeit. Es gab immer genug zu tun.

Chuck kam mit einem Teller und einer dampfenden Tasse herein. „Kaffee und Cracker mit Erdnussbutter. Interessante Mischung, ich weiß, aber hier wird gegessen, was als nächstes schlecht wird."

„Danke." Er nahm einen Schluck Kaffee. Er war schwarz, was okay war, und auch die Cracker waren nicht schlecht.

Chuck setzte sich neben ihn auf die Couch. „Hast du Natalie gesehen?"

„Ja. Hast du ihr gesagt, dass sie sich entschuldigen soll? Das hat sie nämlich." Peter aß seinen Cracker mit Erdnussbutter, schluckte und spülte mit einem großen Schluck Kaffee nach. „Sei nicht zu streng mit ihr."

„Sie will einfach nicht hören", sagte Chuck mit steinerner Miene. „Und dann passiert so was. Ich hätte sie fast verloren!"

„Ich denke, sie hat ihre Lektion gelernt. Hat sie jemals einen Lexer aus nächster Nähe gesehen?"

„Das ist ein komischer Name für die Viecher. Warum Lexer?"

„So haben die von der Armee sie genannt. Abgeleitet vom LX in Bornavirus LX."

„Wir nennen sie einfach Zombies", sagte Chuck. „Weil es das ist, was sie sind. Ich sehe nicht ein, warum man sie anders nennen sollte."

„Vielleicht ist es dasselbe, wie wenn man Lollis anders nennt. Lutscher zum Beispiel. Anderer Name, gleiches Konzept."

„Ach. Wegen der Abwechslung also?", fragte Chuck mit einem Lächeln. „Damit es nicht zu langweilig wird, was?"

Peter lachte. „Ganz genau."

„Aber, um deine Frage zu beantworten: Nein, hat sie nicht. Sie hat aus sicherer Entfernung auf sie geschossen, damals, als alles anfing, aber seitdem nicht. Vielleicht hätte sie das tun sollen, aber ich finde nicht, dass es das Risiko wert ist. Sie weiß, wie man mit einer Pistole umgeht, das weiß sie schon von klein auf. Und ich werde dafür sorgen, dass sie ab jetzt immer eine dabeihat."

Peter aß den letzten Cracker und leerte die Kaffeetasse. Damit war das Frühstück beendet, und er wusste, sobald Chuck seinen Aufgaben nachging, würde er sich zu Tode langweilen. „Kann ich irgendetwas tun, was auch im Sitzen erledigt werden kann?"

Chuck dachte einen Augenblick lang nach und sagte dann, er würde gleich wiederkommen. Rich betrat die Hütte in Begleitung des Hundes, der ein bisschen so aussah wie Johns Hund Laddie.

Plötzlich lag ihm das Frühstück schwer im Magen, denn Laddies Tod war schließlich Peters Schuld gewesen, und er hatte deswegen noch immer ein schlechtes Gewissen. Seit langer Zeit hatte ihm niemand mehr Vorwürfe gemacht, aber es war ihm nie gelungen, sich selbst zu vergeben.

Der Hund sprang heran und wedelte begeistert mit dem Schwanz. Sobald Peter ihm in die Augen sah, sprang er auf die Couch und legte den Kopf in seinen Schoß. „Mach's dir ruhig gemütlich, Jack", sagte Rich zu dem Hund, bevor er sich an Peter wandte: „Soll ich ihn runter scheuchen?"

Peter kraulte Jack ausgiebig hinter den Ohren. Er selbst hatte nie einen Hund gehabt, aber er hatte sich immer einen gewünscht. „Nein, das ist schon in Ordnung. Ich mag ihn."

„Okay. Ich dachte, ich schau mir deinen Knöchel noch mal an."

Rich legte sich Peters Fuß in den Schoß und begann, den Verband zu lösen, während Natalie ihm neugierig über die Schulter schaute. Nachdem der Verband herunter war, rümpfte sie angeekelt die Nase. „Das sieht ja aus wie ein Zombie-Fuß!"

Sie hatte recht. Das Gelenk war dick geschwollen und gräulich-violett, genau wie die Haut der Lexer. „Die Schwellung ist besser geworden", sagte Rich. „Das ist ein gutes Zeichen. Weiter so. Nat bringt dir alles, was du brauchst."

„Ich hab ihm schon gesagt, dass ich ihm zu Diensten sein werde", sagte sie und drehte sich zu Peter um. „Wie wär's mit einem Brettspiel?"

„Ich glaube, dein Vater bringt mir gleich etwas, was ich vom Sofa aus machen kann."

Natalie verbeugte sich theatralisch. „Geht klar, Boss!"

Rich blickte vom Verband auf. „Ich kann beim besten Willen nicht nachvollziehen, warum dein Paps dir nie den Hintern versohlt hat. Vielleicht sollte ich das mal übernehmen." Er wedelte drohend mit der ausgestreckten Hand, was sie lachend davonspringen ließ. Das schien ein alter Witz zwischen ihnen zu sein, so wie sie beide lächelten.

„Okay", sagte Rich. „Ich bin draußen, wenn was ist. Nimm ruhig noch ein bisschen Ibuprofen."

Zwei Tage später hatte Peter das Gefühl, jedes Messer in einem Umkreis von fünfundzwanzig Kilometern geschliffen zu haben. Seinem Knöchel ging es bereits ein wenig besser; er konnte inzwischen sogar wieder länger stehen. Nur normal gehen ging noch nicht. Rich beschwor ihn immer wieder, geduldig zu sein, aber das erschien ihm unmöglich. Seine Freunde warteten auf Kingdom Come auf ihn – nur wussten sie nicht, dass sie warteten; wahrscheinlich trauerten sie um ihn.

Chuck hatte ihm hier und da kleine Aufgaben gegeben, aber es war begrenzt, was man von der Couch aus tun konnte – die er übrigens mithilfe von Natalie nun doch ans Fenster gerückt hatte. Sie hatten auch die Lehnstühle umgestellt, so dass sie nun abends in gemütlicher Runde zusammensitzen und sich unterhalten oder Brettspiele spielen konnten.

Natalie hatte gerade zum dritten Mal in Folge Monopoly gewonnen, als Chuck sich zu Wort meldete: „Rich und ich haben überlegt, morgen mal wieder eine Tour zu machen. Wir wären die Nacht über weg. Wir brauchen Lebensmittel. Und ich wollte schauen, ob wir noch Kartoffeln finden, wie du vorgeschlagen hattest, Peter."

„Bringst du Farbe mit, Papi?", fragte Nat. „Dann kann ich mit dem Streichen anfangen. Und Stoff für Gardinen und Farbe für Möbel. Weiß oder so. Ach ja, und eine Nähmaschine!"

Sie sah Peter an und hob verschwörerisch den Daumen; die letzten zwei Tage war das Thema Inneneinrichtung ausgiebig diskutiert worden. Sie mochte ihm bei allem assistiert haben, bei dem er Hilfe benötigte, aber gleichzeitig konnte er auch nicht weg und war ihr folglich hilflos ausgesetzt – ein Arrangement, was ihr durchaus zu gefallen schien.

„Ich schau, was sich machen lässt. Bist du sicher, dass du hier klarkommst, Nat?"

„Sicher. Peter leistet mir ja Gesellschaft."

Chuck warf Peter einen amüsierten Blick zu, aus dem er einen Hauch von Mitleid herauszulesen meinte. „Dann ist ja alles klar. Aber jetzt ab ins Bett, es ist schon spät."

Peter putzte sich die Zähne und legte sich auf die Couch. Er trug ein paar von Chucks Schlafanzughosen. Nachdem Natalie die Tür hinter sich geschlossen hatte, setzte Chuck sich auf die Kante des Couchtisches und faltete bedächtig die Hände im Schoß. „Hör mal, Peter, ich hab da noch ne Bitte an dich." Er wartete, bis Peter nickte, bevor er weitersprach. „Kann ich mich darauf verlassen, dass du dich um Nat kümmerst, falls wir nicht wiederkommen?"

„Na klar kommt ihr zurück, Chuck."

„Man weiß nie. Nur für den Fall der Fälle. Ich muss wissen, dass sie jemanden hat, der sich um sie kümmert. Und dir trau ich das zu."

„Natürlich würde ich mich um sie kümmern", sagte Peter. Die Tatsache, dass ihm dieser Mann seine Tochter anvertraute, ließ ihm ganz warm ums Herz werden. Niemand hatte ihm je eine so wichtige Verantwortung auferlegt. Natürlich hatten sein altes Leben und die Menschen, mit denen er sich umgeben hatte, ein solches Bedürfnis überhaupt nicht erst aufkommen lassen. Aber nichtsdestotrotz. „Das versprech ich dir."

Chuck nickte einmal. „Na dann wäre das auch geklärt. Danke." Er stand auf, ging in das Schlafzimmer, das er sich mit Rich teilte, und schloss leise die Tür hinter sich.

***

Und so waren es am nächsten Tag nur noch Nat, Peter und Jack, der Hund. Zur Mittagszeit waren sie bereits „mit einem Stück Seife schwimmen gegangen", wie Nat es nannte. Das kalte Wasser wirkte bei seinem noch immer leicht geschwollenen Knöchel wahre Wunder, und die Seife kümmerte sich um den Rest. Natalie wickelte den Verband um sein Fußgelenk, wie Onkel Rich es ihr gezeigt hatte, und dann setzten sie sich in die Sofaecke und lasen. Nat hatte eine Million Bücher in ihrem Zimmer, aber Peter hatte sich für einen Krimi aus der Sammlung der beiden Männer entschieden.

Natalie hielt ein gründlich zerlesenes Exemplar von *Twilight* in den Händen und las es, als wäre es das erste Mal. Dabei hatte sie ihm erzählt, dass sie es inzwischen fast auswendig konnte.

„Kannst du mir mal verraten, was an diesen *Twilight*-Büchern eigentlich so toll sein soll?"

Natalie ließ das Buch sinken und seufzte. „Es ist einfach so romantisch. Und wer wäre nicht gern unsterblich und so stark wie ein Vampir?"

„Na ja, besser als ein Zombie wär's auf jeden Fall."

„Und in Sachen Romantik muss man ja heutzutage nehmen, was man kriegen kann", sprach Nat weiter. Sie rutschte auf ihrem Lehnstuhl ein wenig tiefer. „Ich bin inzwischen so weit, dass ich mich sogar mit einem normalen Typen zufriedengeben würde."

„Wow, ein normaler Typ? Klingt ja ganz schön verzweifelt."

„Ach, halt die Klappe!" Nat kicherte. Dann lehnte sie sich neugierig vor. „Apropos: Als ich dich gerettet hab, warst du mit ein paar Mädels zusammen. Die, die neben dir saß und deine Hand gehalten hat – war das deine Freundin?"

„Das war meine Ex-Freundin, Cassie", sagte Peter.

„Und warum habt ihr euch getrennt? Einzelheiten, bitte!"

Er würde sich hüten. „Es hat einfach nicht funktioniert zwischen uns."

Natalie blies sich die Haare aus der Stirn und verdrehte die Augen. „Vielen Dank, Herr Entertainer, was für eine spannende Geschichte. Na, und die anderen?"

Peter hob eine Augenbraue. „Ich rede ganz sicher nicht mit dir über mein Liebesleben. Dir ist schon klar, dass du sechzehn bist und ich dreißig, oder?"

„Bitte, bitte!", bettelte Nat. „Weißt du eigentlich, wie das ist? Ein Leben ohne Fernsehen und ohne Filme? Teenager brauchen Unterhaltung, das weiß doch jeder!"

Peter schüttelte den Kopf. Sie sackte im Lehnstuhl in sich zusammen, richtete sich aber kurz darauf schon wieder auf, von einer neuen Idee beflügelt. „Okay, dann rate ich eben. Die mit den kurzen Haaren – wie heißt sie?"

„Ana", antwortete Peter, dem kein guter Grund einfiel, warum er ihr diese Tatsache verschweigen sollte. Ana war vor Schreck beinahe erstarrt, als ihr bewusst geworden sein musste, dass sie ihn zurücklassen würden. Er hatte noch den Mund geöffnet, um ihr zu sagen, dass alles gut werden würde – dass er schon zurechtkommen würde, solange sie und die anderen in Sicherheit wären – aber er hatte nicht genügend Zeit gehabt, um die Worte tatsächlich auszusprechen.

Natalie betrachtete ihn einen Moment lang eingehend, dann breitete sich ein triumphierendes Grinsen auf ihrem Gesicht aus. „Du magst Ana! Das merkt man sofort!"

Peter zuckte mit den Schultern, aber sie klatschte begeistert in die Hände und jauchzte. „Okay, okay, aber jetzt mal ganz ehrlich: Was denkt Cassie darüber?"

Peter entschied, sich doch noch auf das Gespräch einzulassen, weil sie ihn sonst womöglich die halbe Nacht löchern würde. „Es war ihre Idee."

„Nein! Was?", quietschte Nat ungläubig. „Ernsthaft?"

Diesmal konnte Peter sich das Lachen nicht verkneifen, es entlud sich in einem Lachanfall, bis ihm die Tränen über die Wangen kullerten. Natalie grinste und sprang auf, um sich neben ihn aufs Sofa zu setzen. „Also seid ihr alle Freunde?"

„Ja, wir sind Freunde", sagte Peter. „Und Cassie ist meine beste Freundin."

Cassie kannte ihn besser als jeder andere Mensch auf der Welt, sogar besser als Ana.

„Habt ihr euch je so richtig geliebt?"

„Ich hab sie geliebt, ja." Peter nickte und spürte ein kleines Ziehen in der alten Wunde, die ihn noch immer hin und wieder quälte. „Aber sie mich nicht."

„Genau wie Jacob", sagte Nat bekümmert.

„Wie wer?"

„Na, in *Twilight*. Der Werwolf. Liebt Cassie einen anderen? Bella liebt nämlich Edward. Das ist der Vampir."

„Ja, das tut sie", sagte Peter. Er spürte, wie seine Stimmung kippte, ohne dass er es wollte. Es ging ihm schließlich gut mit der ganzen Situation. Alles hatte sich so entwickelt, wie es sein sollte. „Aber er ist kein Vampir. Es heißt, er wäre ein ziemlich netter Kerl."

„Liebst du sie immer noch?"

„Irgendwie schon, aber anders. Ich will, dass sie glücklich ist. Es ist schwer zu erklären."

Natalies Augen füllten sich mit Tränen. Peter tätschelte ihr die Schulter. „Hör mal, du Nudel, kein Grund zum Rumheulen. Weißt du, mit wem ich zusammen sein will, wenn ich meine Freunde endlich wiedersehe?" Natalie schüttelte den Kopf. „Mit Ana."

„*Liebst* du sie denn?"

„Ich glaube ja." Er starrte angestrengt die Wand an und wünschte, Chuck und Rich wären hier, damit diese Unterhaltung endlich ein Ende fand.

„Aber Cassie liebst du auch noch?"

Peter seufzte. Sie würde nicht lockerlassen und er hatte keine Ahnung, wie er diesem Mädchen erklären sollte, dass er nicht in solche eine Dreiecksbeziehung verwickelt war, wie das in ihrem Jugendroman voller Werwölfe und Vampire der Fall war. Weder erwartete noch hoffte er, mit Cassie jemals wieder eine romantische Beziehung einzugehen, aber natürlich liebte er sie auf eine Weise, wie man eben jemanden liebt, mit dem man viel durchgemacht hat. „Ja. Aber anders halt."

Nat hüpfte auf den Couchkissen auf und ab, sie schien sich wieder gefangen zu haben. „Bella liebt Jacob auch, aber anders als Edward. Vielleicht ist das ähnlich wie bei dir. Du solltest *Twilight* wirklich lesen, dann verstehst du es."

Peter konnte sich keine Situation vorstellen, die die Pflichtlektüre von *Twilight* erfordern würde. „Ich glaub, ich bekomme das auch ohne Bellas Hilfe auf die Reihe. Aber danke für den Tipp."

Er hielt sich seinen Krimi vors Gesicht, um ihr zu signalisieren, dass die Analyse seines Liebeslebens hiermit beendet war. Natalie jedoch riss ihm das Buch aus der Hand und warf es quer durch den Raum. Dann legte sie ihm *Twilight* in den Schoß und positionierte den Gehstock außerhalb seiner Reichweite. „Komm schon. Nur die ersten paar Kapitel! Dann kriegst du dein Buch wieder, versprochen. Wenn du es dann noch willst. Ich hab sonst niemanden, der mit mir darüber reden würde! Bitte, bitte, tu's für mich!"

„Du bist eine Zumutung, weißt du das eigentlich?", murmelte Peter. Er wollte streng klingen, aber ihr breites Lächeln war ein deutliches Zeichen dafür, dass sie ihm das nicht abnahm. Er würde das dämliche Buch lesen, wenn auch nur, weil ihr hoffnungsvoller Gesichtsausdruck ihn an Bits erinnerte. „Na gut, ich les ja schon."

Sie quietschte vor Freude und führte einen kleinen Siegestanz auf. Es war ihr ebenso wie Bits gelungen, ihn erfolgreich um den kleinen Finger zu wickeln.

KAPITEL 4

Inzwischen waren Chuck und Rich bereits zwei Tage weg. Als die Sonne am zweiten Abend unterging, war Peter beinahe mit dem zweiten Band der Reihe fertig, aber von den beiden fehlte noch immer jede Spur. Natalie stand am Fenster und kraulte Jack gedankenverloren hinterm Ohr.

„Ich bin mir sicher, dass sie okay sind", sagte Peter, obwohl er sich ganz und gar nicht sicher war. „Sie wissen ja, dass ich hier bin und dass du in Sicherheit bist. Da haben sie sich vielleicht einfach ein bisschen mehr Zeit gelassen."

Nat nickte und hielt unbeirrt weiter Wache. Nachdem die Sonne untergegangen war, sagte sie, sie würde ins Bett gehen. Peter las noch ein Kapitel des dritten Bandes, blies die Lampe aus und saß dann noch eine ganze Weile in der Dunkelheit und lauschte nach dem Plätschern von Rudern im Wasser, das jedoch ausblieb.

Natalie weckte ihn mit einer dampfenden Tasse Kaffee. „Ich glaube, du hast recht. Ich hab ihnen ja schließlich eine ganze Liste mit Dingen gegeben, die sie besorgen sollten, damit haben sie sicher alle Hände voll zu tun." Aber ihr Mund war angespannt und ihre Hand mit der Tasse zitterte.

„Ach Süße, du brauchst nicht zu weinen." Peter setzte sich auf und klopfte auffordernd auf den Platz neben sich auf der Couch. „Ich hab ein gutes Gefühl. Ich bin mir ganz sicher, dass es ihnen gut geht."

Sie ließ sich neben ihn fallen, hob seinen Arm und verkroch sich darunter wie ein kleiner Vogel unter dem Flügel seiner Vogelmutter. Gestern mochte sie noch ein sarkastischer, sechzehnjähriger und von übernatürlicher Liebe besessener Teenager gewesen sein, aber heute war sie ein verängstigtes kleines Mädchen, das sich mit seinem Ärmel die Tränen trocknete. Bits hatte lauter Menschen um sie herum, die sie beschützen konnten, und er war froh, dass er Chuck zu demselben Seelenfrieden verhelfen konnte. So saßen sie, bis Peters Kaffee kalt und Nats Tränen getrocknet waren.

Als er endlich aufstand, fühlte sich sein Knöchel schon besser an als am Vortag. Er konnte noch nicht laufen, geschweige denn in normalem Tempo gehen, aber das Gelenk heilte. In einer Woche oder zwei würde er sich endlich auf den Weg machen können. Vielleicht mit Natalie im Schlepptau, aber er hoffte es nicht. Sie brauchte ihren Vater.

Nachmittags stürmte es und ein solcher Regen prasselte auf die Hütte nieder, dass es verrückt gewesen wäre, bei dem Wetter über den See zu rudern. Wahrscheinlich warteten die beiden Männer, bis sich der Wind gelegt hatte. Peter und Nat waren in eine Partie Scrabble vertieft, als vor der Hütte Schritte erklangen. Dann erschien ein triefnasser Chuck in der Tür.

„Papi!", rief Nat und sprang ihm in die Arme. Genauso wie Bits es gemacht hätte, dachte Peter und musste sich schon wieder auf die Lippe beißen.

„Tut mir leid", sagte Chuck an Peter gerichtet. „Ich wünschte, ich hätte anrufen können. Wir haben in einem Geschäft festgesessen und mussten warten, bis sie weitergezogen sind. Aber alles ist in Ordnung." Er nahm Nats Gesicht in beide Hände und blickte sie mit feucht glänzenden Augen an. „Alles ist gut. Ja?"

Ihr Kopf bewegte sich langsam auf und ab, und als er um Hilfe bat, die Sachen aus den Booten in die Hütte zu schaffen, warf sie sich einen Mantel über und eilte nach draußen zum Ufer.

„Sei bloß vorsichtig da draußen", sagte Chuck, bevor er ihr folgte. „Wir waren von Hunderten von denen umgeben. Während du hier bist, machen wir noch ein paar Touren mehr, wenn das für dich okay ist, und dann überwintern wir hier. Vielleicht haben wir ja Glück und die Dinger erfrieren."

„Hoffentlich. Macht, wie ihr denkt. Ich geh vorerst nirgendwohin." Und Peter würde Nat bestimmt nicht allein lassen, bis er ganz sicher sein konnte, dass die beiden Männer gekommen waren, um zu bleiben.

***

Peter saß auf einem Stuhl und rollte den Farbroller quer über die Wand. Er war für die untere Hälfte zuständig, Natalie für die obere. Die Hütte wirkte schon viel heller. Rich hatte eine hellblaue Wandfarbe ausgesucht, die sich als perfekt erwies. Zudem hatte er weiße Gardinen und Gardinenstangen besorgt, die er anbringen würde, sobald die Farbe getrocknet war. Sobald Peter mit der zweiten Schicht Wandfarbe fertig war, rückte er seinen Stuhl an den Tisch, wo sie die neue Nähmaschine aufgestellt hatten.

„Aber wie soll das eigentlich funktionieren, ohne Elektrizität?", fragte Natalie.

„Du kennst doch meine langen Lederhandschuhe, oder?" Sie nickte. „Die hat Cassie für uns alle gemacht – mit einer Nähmaschine! Man dreht einfach an dem großen Rad an der Seite und schon näht die Maschine. Im Grunde macht die Elektrizität auch nichts anderes."

„Cool."

Peter griff nach dem modernen blau und braun gemusterten Stoff, den Rich ebenfalls ausgesucht hatte. Das Muster wirkte wie etwas, das man in einem Modemagazin hätte finden können, und passte verdächtig gut sowohl zur Wandfarbe als auch zur Couch und den Lehnstühlen. „Okay, du musst mir von deinem Onkel erzählen. Er sagt kaum ein Wort und trägt Klamotten wie ein Einsiedler, aber er liebt klassische Musik und scheint ein Talent für Inneneinrichtung zu haben."

Er machte sich keine Sorgen, dass Rich ihn hören könnte, denn er und Chuck waren heute morgen zu einer weiteren Expedition aufgebrochen. Morgen war Peters sechster Tag mit den dreien, und er behandelte seinen Knöchel wie ein rohes Ei, damit seine Abreise sich nicht unnötig verzögerte. Rich prognostizierte ihm noch eine weitere Woche, wenn er es mit den Renovierungsarbeiten nicht übertreiben würde.

„Onkel Rich war schon immer so. Meine Oma hat immer klassische Musik gehört, außerdem liebte sie Dekokram. Da hat er sich das wahrscheinlich abgeguckt. Ich glaube, meine Mutter hätte es gut gefunden, wenn mein Papa ein bisschen mehr wie Rich wäre."

Peter dachte kurz darüber nach, sie zu fragen, wo ihre Mutter jetzt war, aber die Art, wie ihr Blick sich veränderte und sie sich auf die Lippe biss, während sie von ihr sprach, sagte ihm, dass das keine gute Idee sei.

„Er war aber nicht immer so schweigsam", sprach Nat weiter. „Er ist zu seinem Haus gefahren, um meine Cousinen und Cousins und meine Tante zu holen und kam völlig verändert wieder. So sagt mein Papa das immer: Er ist verändert wiedergekommen. Er will uns nicht verraten, was passiert ist. Nur, dass er zu spät war."

„Oh."

Peter konnte sich vorstellen, was für eine Scheiße Rich vorgefunden haben musste, und versuchte, die hässlichen Gedanken gleich wieder aus seinem Kopf zu verbannen. Kein Wunder – so ein Erlebnis konnte jeden in einen schweigsamen Eigenbrötler verwandeln. Er vermaß den Stoff und schnitt ihn zu, um Bezüge für die zusätzlichen Kopfkissen zu nähen, die sie in Vierecke geschnitten hatten, und warf einen Blick ins Handbuch der Nähmaschine. Er hatte noch nie selbst genäht, aber so schwer konnte es kaum sein.

Nat wischte sich mit dem Handrücken einen Farbklecks von der Wange. „Du denkst vielleicht, dass Onkel Rich ein komischer Kauz ist, aber in Wirklichkeit bist du genau wie er. Erst killst du diese ganzen Zombies wie ein Superheld und jetzt sitzt du hier mit mir und machst das Haus schön. Und ich weiß auch, dass deine Klamotten mal superteuer gewesen sind."

„Weißt du was? Du hast recht!" Peter lachte. Ihm war gar nicht bewusst gewesen, dass er momentan ein einziger Widerspruch auf zwei Beinen war.

Eine Stunde später legte er endlich den ersten fertigen Kissenbezug auf den Fußboden. Er musste sich unbedingt noch einmal bei Cassie für die Handschuhe bedanken. Wie sie die Lederriemen mit solch perfekten Nähten zusammengefügt, die Gummibänder organisiert und schließlich alles mit den Handschuhen zusammengenäht hatte, war wirklich eine hohe Kunst, das musste er jetzt einsehen. Er brachte kaum ein ganz gewöhnliches Viereck zustande, wie er gerade hatte feststellen müssen. Die Spule war ihm noch immer ein Rätsel, aber immerhin hatte er sie zum Laufen gebracht. Natalie saß neben ihm, und gemeinsam machten sie sich an den zweiten Bezug, der glücklicherweise schon wesentlicher viereckiger wurde als der erste. Der dritte konnte sich schon fast sehen lassen, und der vierte schließlich war beinahe perfekt. Sie platzierten die Kissen auf dem Sofa und den Lehnstühlen und bewunderten ihr Werk.

„Ohne deine Hilfe hätte es hier nie so hübsch ausgesehen", sagte Natalie. „Jetzt müssen wir nur noch die Tische ansprühen und dann sind wir fertig."

„Das machen wir morgen. Erst mal wird geschlafen."

Natalie stellte sich auf die Zehenspitzen und umarmte ihn, als wäre er Teil der Familie. Mit Daumen und Zeigefinger klaute er ihre Nase und tat so, als würde er sie sich in die hintere Hosentasche stecken. Sie bedachte ihn mit einem gütigen Lächeln, ebenso wie Bits es tat, wenn er ihre Nase klaute. Sogar Bits, die nur halb so alt war wie Natalie, war zu alt fürs Naseklauen.

Nat hob eine Augenbraue. „Na, und jetzt? Muss ich irgendwas tun, um sie zurückzubekommen?"

„O nein." Peter tätschelte seine Hosentasche. „Meine Sammlung ist inzwischen ganz schön ansehnlich. Die geb ich nicht so einfach her."

„Oh, wow, und ich dachte schon, du bist cool. Aber in Wirklichkeit bist du genauso ein Nerd wie mein Papa."

Peter lächelte. „Das betrachte ich als Kompliment."

„Schlaf gut, du Spinner." Nat kicherte und lief auf ihr Zimmer zu; vor der Tür drehte sie sich noch einmal um. „Mein Papa hat gesagt, dass ich mit dir nach Kingdom Come fahren soll, falls sie nicht wiederkommen. Er wollte, dass ich Bescheid weiß. Nur für den Fall der Fälle."

„Das stimmt", sagte Peter. „Aber keine Sorge, die kommen schon wieder."

„Ich weiß. Ich wollte nur nicht, dass du dir darüber Gedanken machen musst, wie du es mir am besten sagst." Sie stemmte die Hände in die Hüften. „Also, kannst du jetzt bitte endlich mal *Bis(s) zum Ende der Nacht* fertig lesen? Ich werde fast verrückt, so langsam, wie du bist! Wir müssen endlich darüber reden!"

Nat verschwand in ihrem Zimmer und schloss die Tür hinter sich. Ihr abrupter Themenwechsel war beeindruckend: Sie war vom möglichen Verlust ihres Vaters dazu übergegangen, ein *Twilight*-Symposium auf die Beine stellen zu wollen. Teenager, vor allem die weiblichen, waren wirklich merkwürdig, und es machte ihn unsagbar froh, dass er selbst kein Teenager mehr war. Es musste die Hölle sein, mit einem glitzernden Vampir um die Gunst der Damenwelt konkurrieren zu müssen. Eines Tages würde auch Bits diese seltsame Lebensphase durchlaufen, fiel ihm ein, und mit einer gequälten Grimasse schlug er das Buch auf. Besser, er bereitete sich rechtzeitig darauf vor.

***

Peter hatte die Insel vier Tage lang immer wieder umrundet, bis sein Knöchel nicht mehr wehtat. So oft wie möglich war er durch das seichte Wasser am Ufer gejoggt. Die Zeit war reif, und als er den anderen mitteilte, dass er am nächsten Tag aufbrechen würde, sahen sie mehr als enttäuscht aus. Wenn er niemanden mehr gehabt hätte, wäre er geblieben, denn während der letzten Wochen waren ihm alle drei ans Herz gewachsen. Aber es war schon fast Ende September und er wollte die Kingdom-Come-Farm erreichen, bevor der erste Schnee fiel.

„Ich dachte mir schon, dass es nun so weit ist", sagte Chuck, als sie nach dem Abendessen auf der kleinen Veranda standen. „Danke, dass du bis jetzt geblieben bist, damit Nat nicht allein hierbleiben musste. Du wirst uns wirklich fehlen, Pete."

„Warum kommt ihr nicht alle mit? Ich weiß, dass in der Hütte hier viel Arbeit steckt, aber angeblich ist diese Sicherheitszone wirklich sicher."

Chuck seufzte. „Vielleicht nächstes Jahr, falls wir dann noch Sicherheitszonen brauchen. Wir können jetzt noch nicht weg."

„Darf ich fragen, warum?"

„Natalies Mutter. Ich warte auf sie." Chucks Züge wurden weich und er lächelte, als er Peter ansah, dem es ganz offensichtlich nicht gelungen war, zu verbergen, dass er nicht daran glaubte, dass sie noch kommen würde. „Ich weiß, es klingt unrealistisch. Aber ich muss ihr noch ein wenig Zeit geben.“

„Wo war sie?“

„Ich bin mir nicht sicher. Wir haben getrennt gelebt und es war mein Wochenende mit Nat. Nachdem ich es endlich bis zu ihrem Haus geschafft hatte, hab ich keine Spur von ihr finden können. Aber sie ist eine clevere Lady. Es ist nicht unwahrscheinlich, dass sie irgendwo in Sicherheit ist. Nicht so wie Richs …“

Peter nickte. „Nat hat mir erzählt, was passiert ist.“

„Sie kennt die Einzelheiten nicht. So wie Rich es erzählt hat, sah es so aus, als habe seine Frau die Kinder angegriffen. Mein Neffe war schon tot, aber meine Nichte und Schwägerin waren noch da. Er musste …“

Peter füllte die entstandene Stille. „Scheiße.“

„Das kannst du laut sagen. Na ja, jedenfalls hab ich überall da, wo meine Frau hingegangen sein könnte, Zettel hinterlassen, um ihr mitzuteilen, dass wir hier sind. Hier sind wir in High-School-Tagen immer zum Rummachen hingefahren.“ Chuck lachte. „So konnte ich ihr Hinweise geben, ohne zu spezifisch werden zu müssen.“

„Ich hoffe, sie kommt noch.“

Chuck versetzte einem kleinen Stein, der auf den Verandastufen lag, einen Tritt. „Ich auch. Ich weiß, sie wird's versuchen, wenn sie kann. Nicht wegen mir. Aber für Natalie würde sie alles tun.“

„Tja, du weißt ja, wo ich bin, wenn ihr es euch anders überlegt.“

„Ich wette, du kannst es kaum erwarten“, sagte Chuck. Die gerade Linie, die sein Mund bildete, kräuselte sich leicht. „Dann siehst du dein kleines Mädchen wieder. Und Nat hat mir das eine oder andere von deinen Freunden erzählt.“

„Ich kann mir vorstellen, was sie dir erzählt hat!“

Chuck schlug ihm mit einer Hand auf die Schulter und lachte schallend. „Sie hat gesagt, dass sie nicht verstehe, wie irgendein Mädchen dich nicht zurücklieben könne. Ich glaube fast, du hast Edward von seiner Spitzenposition verdrängt.“

Peter lachte, aber dann sagte er leise: „Tja, ich war ein Arschloch. Kein Wunder, dass sie mich nicht so lieben konnte wie ich sie.“

„Ja", seufzte Chuck. „Rückblickend hätte ich auch so manches anders machen können. Ich liebe meine Frau noch immer und ich kann nur hoffen, dass ich noch eine Chance bekomme, um meine Fehler wiedergutzumachen. Du hast die Chance, alles anders zu machen. Nimm sie wahr."

Peter blickte Chuck in sein breites, gütiges Gesicht. Noch vor ein paar Monaten hätte er ihn vielleicht als einfältig abgetan – wenn er ihn denn überhaupt wahrgenommen hätte. Nicht, weil er unhöflich oder gemein zu anderen gewesen wäre, sondern weil viele Menschen für ihn ganz einfach unsichtbar gewesen waren.

Womöglich lag das daran, dass er sich oft selbst unsichtbar gefühlt hatte. Das hatte er eines Nachts zu Cassie gesagt. Sie hatte ihm versichert, dass er alles andere als unsichtbar sei, aber er hatte so getan, als wäre er eingeschlafen, um nicht vor ihr in Tränen auszubrechen. Am nächsten Morgen hatte sie das Thema noch einmal angesprochen, und er erinnerte sich noch gut an diesen ungeduldigen und verletzten Ausdruck in ihren Augen, während er so getan hatte, als wüsste er nicht, wovon sie sprach. In dem Moment hatte er genau gewusst, dass das seine letzte Chance gewesen war, aber er hatte sie nicht ergriffen.

Das hatte er während ihrer gesamten Beziehung immer wieder gemacht: Sobald er gespürt hatte, dass sie sich zurückzog, hatte er sich ihr eben so weit geöffnet, dass sie den Kerl, den sie damals in der Bar kennengelernt hatte, gerade eben erspähen konnte. Dann hatte er Angst bekommen und sich erneut distanziert. Das musste sie in den Wahnsinn getrieben haben.

Na ja, Angst hatte er jedenfalls keine mehr. In dieser neuen Welt gab es genug Dinge, die einem Angst machen konnten. Macheten und Pistolen waren nützliche Werkzeuge, aber das Einzige, was die Angst auch nur im Geringsten mildern konnte, waren Menschen. Und zum ersten Mal seit dem Tod seiner Eltern und seiner Schwester gab es Menschen, die ihm die Welt bedeuteten. Er hatte eine Tochter, eine beste Freundin, eine potenzielle Freundin und natürlich den Rest der Großfamilie. Er durfte sich glücklich schätzen, dass ihm die Chance zuteilgeworden war, alles anders zu machen und es zur Abwechslung mal nicht zu versauen.

Peter gab Chuck ebenfalls einen Klaps auf die Schulter. „Das hab ich doch schon längst."

***

Am nächsten Morgen standen Rich, Chuck und Nat neben dem Pick-up und beobachteten Peter, der seinen Rucksack soeben auf den Beifahrersitz warf. „Und du bist dir wirklich sicher, dass du nicht doch den Mercedes willst?", fragte Chuck. „Er gehört dir, wenn du ihn willst."

„Ganz sicher", erwiderte Peter. Er grinste und trat versuchsweise gegen einen der Reifen. „Ich glaube, ich bin inzwischen eher ein Pick-up-Fahrer."

Natalie stürzte sich auf ihn. „Ich werd dich vermissen!"

„Kleiner Tipp: Warte nicht auf glitzernde Vampire. Das könnte nämlich echt lange dauern", flüsterte er ihr ins Ohr.

„Also, wenn du nicht so uralt wärst, wär ich ganz klar Team Peter!", sagte Nat und trat einen Schritt zurück. Ihre Augen glitzerten.

„Danke", sagte er. „Glaube ich zumindest."

Er wünschte, sie würden mitkommen. Zu Beginn ihrer Fahrt in Richtung Cassies Hütte hatten sie die Washingtons kennengelernt. Auf einem Campingplatz hatten sie sich getrennt und sich dabei das Versprechen gegeben, sich in der Hütte wiederzutreffen, aber sie waren niemals gekommen. Die Wahrscheinlichkeit, dass er Chuck, Rich und Nat je wieder sehen würde, war verschwindend gering. Er verstand Chucks Beweggründe und seine verzweifelte Hoffnung, aber in Zeiten wie diesen musste man sich mit anderen Menschen zusammenschließen. Das mochte ihre einzige Möglichkeit sein, die Welt von den Lexern zurückzuerobern.

Er streckte die Hand aus. „Danke für deine Hilfe mit meinem Knöchel, Rich."

„Danke für deine Hilfe mit der Hütte", erwiderte Rich und schenkte ihm sogar sein seltenes Lächeln. „Es sieht so viel besser aus als vorher. Mich hätte mein Bruder in den See geworfen, wenn ich nur den Vorschlag gemacht hätte."

Chuck versetzte Rich einen Knuff und umarmte Peter. „Pass auf dich auf da draußen."

Peter nickte und stieg in den Pick-up. Er entfaltete die Karte, auf denen Rich die Straßen markiert hatte, die seines Wissens frei waren, und legte sie auf den Beifahrersitz. Damit würde er zumindest ein Drittel des Weges ohne allzu große Probleme zurücklegen können. Danach war er auf sich allein gestellt. Er ließ den Motor an.

„Mach's gut, du Lolli!", rief Nat.

Sie hatte es nicht vergessen. Er lachte und winkte ein letztes Mal. „Macht's gut, ihr Lollis!"

Und dann machte er sich auf den Weg.

KAPITEL 5

Zunächst führte ihn die Straße an vereinzelten Häusern und mit Unkraut überwucherten Feldern vorbei. Alles sah so verlassen aus. Sogar die Häuser, die keine Spuren von Kämpfen aufwiesen, wie zerbrochene Fensterscheiben oder Leichen im Vorgarten, sahen einsam aus. Er fühlte sich wie der letzte Mensch auf der Welt. Natürlich stimmte das nicht, und das sagte er sich immer wieder, um nicht den Verstand zu verlieren. Er stellte sich vor, wie es sein musste, wenn man ziellos durch diese Landschaft fuhr und darauf hoffte, etwas anderes zu finden als die vereinzelten Grüppchen von Lexern, die er zuweilen passierte. Was lag da näher, als schlussendlich aufzugeben? Der alte Peter hätte das wahrscheinlich längst getan, aber nicht er.

Er wusste, dass es auch noch Gutes in der Welt gab, an versteckten Orten wie Campingplätzen oder winzigen Inseln auf kleinen Seen. Und selbst wenn er auf Kingdom Come eintreffen und erfahren würde, dass sie es nicht geschafft hatten, würde er nicht aufgeben. Beim bloßen Gedanken daran musste er sich so hart auf die Lippe beißen, dass er Blut schmeckte, aber es nützte ja nichts, sich etwas vorzumachen. Das war die Realität.

Trotzdem musste man ja auch nicht den Teufel an die Wand malen. Und so konzentrierte er sich stattdessen auf die Straße, die vor ihm lag. Der Asphalt hatte sich in eine schmale Spur aus furchigem, ausgetrocknetem Matsch verwandelt. Hätte Rich ihm nicht versichert, dass er hier ganz sicher durchkommen würde, wäre er längst umgekehrt. Und dann kam er endlich auf einer Straße heraus, die so aussah, als wären hier auch andere Fahrzeuge als Holzlaster verkehrt. Er folgte ihr gen Norden, wo sie sich in ein kleineres Netz aus Straßen verzweigte und durch die eine oder andere Kleinstadt führte, wo Lexer in kleinen Gruppen vor dem Supermarkt oder auf verlassenen Straßenkreuzungen herumlungerten.

Er hatte gerade den von Rich ausgekundschafteten Teil der Landkarte verlassen, als er auf sein erstes Hindernis traf. Wie genau auf diesem verlassenen Stück Schotterweg mitten im Nirgendwo ein Stau entstanden sein konnte, war ihm schleierhaft, aber hier waren sie: vier Autos und keine Möglichkeit, irgendwie an ihnen vorbeizukommen. Er spähte in Richtung Wald und vergewisserte sich, dass ihm dort niemand auflauerte, und als er den Wagen verließ, um sich die Lage genauer anzusehen, versuchte er, so leise wie möglich mit seinen schweren Stiefeln aufzutreten. In einem der Autos fand er einen Einarmigen, der mit dem Kopf gegen die Scheibe gelehnt dasaß.

Er drückte sich daran und an dem danebenstehenden Auto vorbei und sprang vor Schreck beinahe zwei Meter in die Luft, als sich der Einarmige regte. Er schlug den Kopf gegen die Scheibe; von der ledernen Haut seines mumifizierten Gesichts stoben trockene Schüppchen auf. Er kniete auf dem Sitz und starrte ihn mit blutunterlaufenen, hungrigen Augen an. Peter atmete langsam aus und beobachtete seinen Kampf mit der Autotür. Manchmal fühlte es sich an, als wäre all das hier nur ein Traum – ein Albtraum, wohlgemerkt. Allein die Tatsache, dass es so etwas Verrücktes wie Zombies überhaupt gab, war unglaublich. Vielleicht war sein Rat an Nat Blödsinn gewesen: Vielleicht war es gar nicht *so* unwahrscheinlich, dass sie eines Tages einem glitzernden Vampir begegnete.

Er trat auf das erste Auto in der Karawane zu, einen silbernen Prius, der quer stehend die Straße versperrte. Die anderen Autos mussten gegen ihn geprallt sein, als er einem plötzlichen Hindernis hatte ausweichen wollen und schließlich zum Stehen gekommen war. Dieses Hindernis war unter den Vorderreifen eingeklemmt und noch immer lebendig. Oder tot. Je nachdem, wen man fragte. Es streckte ihm die Arme entgegen und klapperte mit dem Gebiss. Es rackerte sich so sehr ab, ihn zu fassen zu kriegen, dass er schon fürchtete, es würde sich von seinen unter den Reifen festklemmenden Beinen losreißen. Peter stieß ihm die Machete ins Auge.

Die Fahrertür des Prius' war geöffnet, aber der Schlüssel steckte nicht. Er kannte keine andere Möglichkeit, um in den Leerlauf zu schalten. John hätte sofort gewusst, was zu tun war. Peter hingegen konnte gerade mal einen Reifen wechseln, den Ölstand prüfen und solche Dinge eben – er lebte schließlich nicht völlig hinter dem Mond – aber sobald er die Motorhaube öffnete und ein echtes Problem lösen sollte, war er verloren. Er fühlte sich wie ein Volltrottel, aber probieren musste er es doch. Obwohl er mit all seiner Kraft schob, schaffte er es natürlich nicht, den Prius von der Straße zu schieben. Auch wenn er in Nats Augen Superheldenstatus hatte – dieses Auto würde er nicht von der Stelle bewegen können. Schon gar nicht mit bloßen Händen.

Er ging an dem Auto mit dem Einarmigen vorbei und als dieser erneut in einen Blutrausch verfiel, zeigte er ihm den Mittelfinger. Unreif? Vielleicht. Aber wenigstens für einen Moment fühlte er sich ein bisschen besser. Also gut, noch mal auf Anfang. Er war jetzt vier Stunden unterwegs, hatte aber erst ein Drittel des Weges geschafft. Ihm war klar gewesen, dass die Fahrt kein Zuckerschlecken werden würde, aber ein wenig entmutigte es ihn doch. Wenn alle Straßen zwischen hier und der Farm so aussahen, würde er sich ein Fahrrad suchen müssen. Jetzt, wo er darüber nachdachte, war das vielleicht gar keine so schlechte Idee. Er würde ein Stück zurückfahren, nach einem Fahrrad Ausschau halten und es in den Kofferraum schmeißen. Vorsichtshalber.

Irgendwo südlich von Rutland fand er ein Rad in der Garage eines Hauses. Es war groß genug für seine ein Meter achtzig und in einem guten Zustand: Es hatte keinen Platten und es gab sogar Satteltaschen und eine kleine Luftpumpe. Er dachte kurz darüber nach, ins Haus zu gehen, aber nachdem er an die Tür geklopft und als Antwort nur ein paar dumpfe Schläge von der anderen Seite gehört hatte, entschied er sich dagegen. Er hatte genug Lebensmittel für ein paar Tage. Es machte einfach keinen Sinn, irgendetwas zu riskieren. Ana wäre höchstwahrscheinlich dafür gewesen, einfach mal reinzugehen und sich umzuschauen – nur so zum Spaß. Er schüttelte den Kopf und lächelte. *Banana* – das war Pennys und Cassies Spitzname für Ana, und er passte zu ihrer verrückten Art.

Während er die Garage durchsucht hatte, waren ein paar Lexer vorbei spaziert, und so nahm er sich genügend Zeit, die Lage zu sondieren, bevor er das Fahrrad einlud und davonfuhr. Die Tatsache, dass er selbst in dieser recht abgelegenen Gegend so viele von ihnen gesehen hatte, ließ darauf schließen, dass es keine gute Idee wäre, einer Stadt von der Größe Rutlands zu nahe zu kommen.

Er fuhr weiter Richtung Osten und dann Richtung Norden auf Landstraßen, die so voller Schlaglöcher und Dreck waren, dass von Straßen eigentlich kaum noch die Rede sein konnte. Aber immerhin kam er durch. Der Vorteil an Landstraßen, die sich durch Felder und Wiesen schlängelten, war der Grünstreifen oder eine extra Spur links und rechts der Straße, so dass man den herumstehenden und verlassenen Autos gut ausweichen konnte. Aber sobald sie durch Waldstücke führten, wurden sie schmaler und dadurch zum Problem. Google Earth wäre jetzt super gewesen, da die Landkarte ihm nicht anzeigte, wie das Gelände war, das die Straße umgab. Wie gut, dass es in Vermont kaum Bäume gibt. Er musste über seinen eigenen schlechten Witz lachen und realisierte im selben Moment, dass sich seine Laune unerklärlicherweise und trotz aller Umstände wesentlich gebessert hatte. Er hatte mit den Fingern auf dem Lenkrad herumgetrommelt und vor sich hin gesummt, ohne es zu bemerken. Verrückt.

Das Sonnenlicht, das durch die Windschutzscheibe hereinschien, war so warm, dass er ein Fenster öffnete. Er wagte es aber nicht, seine Lederjacke auszuziehen, falls er plötzlich abhauen müsste. In den letzten Wochen hatte sich das Wetter langsam, aber stetig verändert. Vorher war es heiß und schwül gewesen, jetzt war es kühl und die Bäume begannen, sich in fröhlichen Herbstfarben zu zeigen. Eigentlich hätte er noch etwa hundertneunzig Kilometer vor sich gehabt, aber durch den Umweg über die Landstraßen waren es wohl eher zweihundertvierzig oder so. Er hatte genug Benzin, selbst wenn er mal zurückfahren und eine andere Straße ausprobieren müsste.

Er fuhr gerade auf einer der breiteren Straßen Richtung Northfield und gönnte sich die kleine Tagträumerei, dass er schon am selben Abend auf Kingdom Come eintreffen könnte, als er auf das nächste Hindernis stieß und nicht weiterkam. Es war eine Mauer aus roten Ziegeln, die kurz hinter einer Kreuzung gebaut worden war. Auf der einen Seite traf sie auf ein großes, weitläufiges Gebäude, auf der anderen Seite stand ein kleineres Haus, aber die Mauer setzte sich dahinter fort.

Er parkte direkt neben der Mauer und stellte sich aufs Dach der Fahrerkabine. Links sah er die vereinzelten Gebäude einer kleinen Uni, rechts Wohnhäuser. Die weißen Uni-Gebäude waren von Bäumen umgeben, deren Blätter golden und orange leuchteten. Es war hübsch anzusehen, wenngleich die Menschen fehlten. Jenseits der Mauer sah er kein Zeichen von Leben – nur eine umgekippte Thermoskanne und ein paar Campingstühle erweckten den Anschein, dass hier vor nicht allzu langer Zeit jemand Wache gehalten hatte. „Hallo? Ist hier jemand?"

Auf der anderen Seite des Parkplatzes bewegte sich etwas. Ein Lexer erschien, gefolgt von einem Dutzend weiterer. Er wusste, dass sie nicht schliefen, wenn sie nicht aktiv auf der Suche nach Frischfleisch waren, aber sobald sie einen witterten, schienen sie aus einer Art Trance zu erwachen. Noch bevor sie ihm zu nahe kommen konnten, saß Peter schon wieder im Pick-up, unterwegs in Richtung Süden. Also dann, zurück zu den kleinen Schotterwegen und möglichen Blockaden.

***

Auf der Route 100 ging dann alles schief. Er hatte keine andere Wahl gehabt, als sie zu befahren; alle kleineren Straßen führten früher oder später auf die Hauptstraße und er musste unter der Autobahn 89 hindurch. Er schlängelte sich gerade durch das Labyrinth aus herumstehenden Autos auf der Brücke, die zur Überführung führte, als ein Schuss fiel und einer der Vorderreifen zischend in sich zusammensackte. Sein erster Gedanke war *ducken* und der zweite *verdammte Scheiße*. Und dann bekam der Pick-up schon einen harten Linksdrall, bis er gegen einen der Wagen prallte, die plötzlich nicht mehr so willkürlich platziert zu sein schienen. Er war durch ein Labyrinth gefahren, das war schon

68

richtig gewesen; ein Labyrinth, das heranfahrende Autos so weit verlangsamen sollte, dass die Leute, die es errichtet hatten, genug Zeit zum Zielen hatten. Er stieß sich den Kopf am Lenkrad, aber zum Glück war er so langsam gefahren, dass nichts passiert war.

„Aussteigen!", ertönte die Stimme eines Mannes von der Überführung her. „Aber dalli!"

Peter stellte den Fahrersitz so weit wie möglich zurück, damit er sich ducken konnte, während er die Tür öffnete. „Was willst du?", rief er. Es fiel ihm schwer, die Stimme zu erheben; seine Kehle war staubtrocken.

„Ich will, dass du aussteigst!"

Er hatte die Pistole schon in der Hand und überlegte krampfhaft, was er tun sollte. Was auch immer die wollten, es schien nichts Gutes zu sein. Wenn sie wollten, konnten sie ihm alles abnehmen, was er hatte, was ja ohnehin nicht viel war, aber jemand, der sich so viel Mühe gemacht hatte, um Reisende abzufangen, würde ihn bestimmt nicht einfach so weiterziehen lassen.

Er rief erneut in die Richtung, aus der die Stimme zu kommen schien. „Warum?"

Die Windschutzscheibe knackte und splitterte, als eine weitere Kugel herangesaust kam, und dann ertönte die Stimme erneut: „Aussteigen, oder wir schießen, bis du nicht mehr aussteigen kannst!"

Der Sprechende befand sich etwa dreißig Meter entfernt hinter einem der Brückenpfeiler. Peter schnappte sich seinen Rucksack, der auf dem Beifahrersitz lag, und stopfte die Karte hinein, bevor er ihn sich über die Schulter warf. Dann schob er seine Pistole in den Spalt der offenen Fahrertür und feuerte in Richtung des Pfeilers.

Er wartete, während zurückgeschossen wurde. Die Schüsse fielen einzeln nacheinander – bumm, bumm, bumm – als gäbe es da nur einen Schützen und nicht mehrere. Vielleicht wollten sie keine Munition verschwenden, aber Peter hatte mehr erwartet als die eine Stimme und die eine Schusswaffe. Da schien jemand ziemlich verzweifelt zu sein, was für den Ausgang der Situation alles bedeuten konnte. Entweder waren sie verzweifelt genug, ihn gehen zu lassen, sofern er ihnen seine Vorräte überließ, oder so verzweifelt, dass sie ihn einfach erschießen würden, sobald er sich zeigte.

„Ich hab nicht viel", rief Peter. Er musste sich sehr bemühen, aber es gelang ihm doch, unerschrocken zu klingen. „Aber wenn du mich gehen lässt, gehört es dir. Ich will einfach nur Richtung Norden."

Hinter dem Pfeiler blieb es eine ganze Minute lang still. Dann knallte eine Kugel in die Fahrertür. Das sollte wohl so eine Art Antwort sein. Das machte ihn wütend. Da bot man den Leuten schon sein letztes Hemd an, und sie hatten immer noch nichts Besseres zu tun als einen umbringen zu wollen. Also gut. Er feuerte erneut in Richtung des Pfeilers und wartete auf die Antwort, feuerte erneut, mehr Schüsse, und dann kam nichts mehr. Vielleicht mussten sie nachladen oder nachdenken, jedenfalls war dies seine Chance. Er zog den Schlüssel aus dem Zündschloss – ohne ihn würden sie lange daran zu knabbern haben, den Wagen von der Stelle zu kriegen – warf ihn von der Brücke und rannte um den Pick-up herum. Im Nordwesten gab es noch eine weitere Straße, die ihn unter der Autobahn 89 hindurchführen würde. Er ließ die Heckklappe herunter und holte das Fahrrad von der Ladefläche.

Er würde sich geduckt halten und das Rad durch das Labyrinth zurückschieben. Am Ende der Brücke gab es eine Biegung in der Straße. Ehe sie den Pick-up bewegt und seine Verfolgung aufgenommen hätten, wäre er längst über alle Berge. Vielleicht würden sie es auch gar nicht erst versuchen. Er beugte sich etwas vor und schoss erneut. Dieses Mal erwiderten sie sein Feuer nicht, stattdessen ertönten dumpfe Schläge in schneller Abfolge, so wie Turnschuhe auf Asphalt. Nach einer kurzen Pause hörte er sie erneut, dann verstummten sie wieder, in einem Rhythmus, der dem seines rasenden Herzens ähnelte.

Er vergewisserte sich, dass seine Füße hinter dem Hinterreifen des Pick-ups verborgen waren, und spähte unter dem Wagen durch. Schon waren die Schritte erneut zu hören, danach ein metallenes Klicken. Zwei Autos weiter sah er die Spitze eines Turnschuhs hinter einem Wagen hervorlugen. Dann hörte er ein schleifendes Geräusch, der Schuh glitt weiter vor und war nun vollständig sichtbar, so, als hätte sich sein Besitzer gerade auf die Straße gesetzt. Der zerfetzte untere Teil einer Jeans erschien in seinem Blickfeld.

Peter wusste, dass er zu gutherzig für diese neue Welt war, aber es widerstrebte ihm zutiefst, lebende Menschen umzubringen, wenn es nicht wirklich nötig war. Es gab schließlich nicht mehr so viele von ihnen. Aber er würde es tun, wenn es sein musste. Er legte sich hinter dem Reifen auf die Straße und zielte auf die breiteste Stelle des Unterschenkels. Er kontrollierte seinen Atem, so wie John es ihm beigebracht hatte, hielt die Luft an und drückte ab.

Die Brutalität der nun folgenden Explosion aus Baumwolle und Blut erschreckte ihn. Er hatte sich eher so etwas wie eine saubere Einschussstelle vorgestellt, so wie sie bei Nel gewesen war, obwohl seine Verletzung sich im fleischigen Teil der Wade befunden hatte. Seine Fünfundvierziger hatte das Schienbein des Mannes förmlich zerfetzt. Der war jetzt gefundenes Fressen für die Zombies. Peter stellte fest, dass ihm das herzlich egal war; er konnte genauso hartherzig sein wie jeder andere auch.

Er streckte schon die Hand nach seinem Fahrrad aus, duckte sich aber beim erneuten Geräusch von Schritten, die zwischen den Schmerzensschreien des Angeschossenen zu hören waren. Vielleicht gab es doch mehr als eine Person unter der Überführung. Aber diese Schritte kamen nicht von Leuten, die ihrem Freund zur Hilfe eilten, und besonders vorsichtig klangen sie auch nicht. Sie kamen von beiden Seiten der Brücke. Der Lärm musste Lexer angelockt haben.

Er hielt sich geduckt, eine Hand auf dem Fahrradgriff, und wartete. Die Schritte auf seiner Seite kamen näher. Sie mussten an ihm vorbei, um zur Quelle der verzweifelten Schreie zu gelangen, die inzwischen zu einem gequälten Grunzen geworden waren. Der Mann versuchte, so leise wie möglich zu sein, aber Peter konnte sich vorstellen, wie schwer das sein musste, wenn einem der halbe Unterschenkel zerfetzt worden war.

Seine einzige Chance bestand darin, sich zu verstecken. Peter hätte keine Ahnung, wie viele es waren, und ob es ihm gelingen würde, sich seinen Weg freizukämpfen. Mit dem Rucksack in der Hand glitt er unter den Pick-up und beobachtete, wie die Lexer näher kamen. Er zählte ein gutes Dutzend Fußpaare. Turnschuhe, nackte Füße mit schmutzigen, blutigen Zehen und ein einzelner Lackschuh schlurften an ihm vorbei, zielgerichtet auf den Mann zu, den sie sowohl hören, als auch riechen konnten.

Peter griff in die Hosentasche und klaubte ein paar Patronen heraus, die er dort für alle Fälle deponiert hatte. Er lud die Pistole und versuchte, das Klicken der Trommel so weit möglich mit der Hand zu dämpfen. Dabei bemerkte er, dass dem Vortrupp weitere Lexer folgten. Am Heck des Pick-ups gab es einen kleinen Auflauf, wobei mehrere von ihnen über sein Fahrrad stolperten. Der Mann begann, verängstigte Geräusche von sich zu geben, die wie die eines Tieres klangen. Peter positionierte sich so, dass er den Kopf in beide Richtungen drehen konnte. Er sah die Beine des Mannes nur von hinten, als dieser versuchte, auf die Füße – beziehungsweise den Fuß – zu kommen, sich am Auto abzustützen und in die Richtung davonzuhumpeln, aus der er gekommen war. Das Humpeln verklang, dann fielen ein paar Schüsse, und zwei Lexer sackten auf dem Asphalt zusammen. Aber Peter sah weitere Füße heran schlurfen, und zwar von beiden Seiten der Brücke. Die Lexer kamen dem Mann immer näher. Vier Schüsse knallten, dann musste seine Munition aufgebraucht sein, denn sein Humpeln ging in ein geräuschvolles und verzweifeltes Hüpfen über. Kurz darauf hörte Peter einen schrillen Schrei, der so gar nicht zu der tiefen Stimme passen wollte, die Peter zum Aussteigen aufgefordert hatte.

Der Mann fiel zu Boden, und Peter bekam seinen Angreifer zum ersten Mal zu Gesicht. Dunkles Haar, schmales Gesicht. Ein ganz normaler Kerl, womöglich sogar ein halbwegs netter Typ. Er kroch mit weit geöffnetem Mund auf Peter zu, bis ein Lexer auf ihm landete, und heulte verzweifelt auf, als der die Zähne in seinem Rücken versenkte. Er erblickte Peter unter dem Pick-up und riss die Augen auf. „Hilfe! Hilf mir!"

Für den anderen kam jede Hilfe zu spät, aber selbst wenn er gekonnt hätte, hätte Peter ihm nicht geholfen. Manche Dinge waren es wert, dass man sein Leben für sie riskierte, aber einer, der das Leben eines anderen nicht mal für einen Haufen Schrott und ein paar Vorräte verschont hätte, war es ganz sicher nicht.

Das machte den Anblick allerdings nicht weniger schrecklich. Sie fraßen ihn bei lebendigem Leib, zerrissen ihn förmlich in der Luft, bis einer vor seinem Kopf niederkniete und Peter die Sicht versperrte. Die meisten Lexer waren nun an ihm vorbei und hatten den Mann erreicht. Das war seine Chance. Er machte sich bereit, um loszurennen, aber immer mehr Füße umrundeten eins der Autos hinter ihm. Vielleicht wäre es doch besser, zu warten, bis sie weitergezogen waren. Er konnte hier so lange liegen bleiben, wie er musste.

Nachdem er diesen Gedanken gefasst hatte, entschied das Universum, lieber ein bisschen mit ihm zu spielen. Der Fuß eines Lexers verhedderte sich im Rahmen des Fahrrads und brachte ihn zu Fall. Peter erstarrte, aber es war zu spät: Die von einer schwarzen Brille umrahmten gelblichen Augen erblickten ihn. Der Mund des Lexers öffnete sich und entblößte zwei Reihen halb abgebrochener Zähne, dann stieß er ein erregtes Stöhnen aus, das die anderen Füße um ihn herum zum Stillstand brachte.

Die Schreie des Mannes waren längst verstummt, und so gab es außer dem feuchten Schmatzen nichts, was das hungrige Zischen dieses Lexers hätte übertönen können. Mit ungeschickten Bewegungen versuchte er, in Peters Richtung zu robben, aber seine Füße hingen am Fahrradrahmen fest. Zwei Lexer fielen auf ihre Bäuche und stierten mit ebenso zerfurchten und durch Verwesung entstellten Gesichtern unter die Karosserie des Pick-ups.

Peter musste weg. Er rollte sich in die pfeilspitzenförmige Lücke zwischen dem Pick-up und der Limousine, gegen die er geprallt war. Das Fahrrad konnte er vergessen, aber den Rucksack schnallte er sich fest auf den Rücken. Die Sonne blendete ihn, und so hielt er sich die Hand mit der Pistole vor die Stirn, bis er einigermaßen sehen konnte. Zwischen ihm und dem Ende der Brücke befanden sich mindestens ein Dutzend Lexer, die alle in dem Bereich unterwegs waren, durch den er gefahren war. Er stieg auf die Limousine, lief über das Dach und kletterte dann über den Kofferraum auf das nächste Auto.

Er hatte es drei Wagen weit geschafft, ehe die Fressenden ihn bemerkten. Das Labyrinth, das ihn überhaupt erst in diesen

Schlamassel gebracht hatte, war jetzt seine einzige Chance, hier heil wieder rauszukommen. Er sprang von Auto zu Auto und hielt erst am Ende des Labyrinths auf dem Dach eines Taurus' inne, wo eine kleine Gruppe von sechs Lexern auf ihn wartete. Kopfschüsse waren nicht einfach, wenn sich die Ziele bewegten; vor allem, wenn sie sich so willkürlich bewegten. Erst, als sie näher kamen, gelang es ihm, drei von ihnen niederzustrecken. Ein schneller Blick über die Schulter sagte ihm, dass innerhalb weniger Minuten noch etwa fünfzehn weitere das Ende des Labyrinths erreicht haben würden, also nahm er die Pistole in die linke Hand, zog mit der rechten die Machete hervor und stürzte sich auf die drei, die vor ihm standen.

Die Kraft des Aufpralls warf einen von ihnen zu Boden. Er setzte die Pistole unter dem Kinn desjenigen an, der seinen Arm ergriffen hatte, und drückte ab: Eine Fontäne braunen Schleims spritzte in die Luft. Ein Stoß gegen den Brustkorb des anderen Lexers gab Peter genügend Spielraum, um ihm die Klinge der Machete in den offenen Mund zu stoßen.

Er wollte schon losrennen, aber der, den er umgeworfen hatte, hatte seinen Arm durch den unteren Gurt seines Rucksacks geschoben und hielt sich jetzt mit klapperndem Gebiss daran fest. Peter trat auf ihn ein wie ein panisches Pferd, aber der Lexer war wie ein buchstäblicher Klotz am Bein – ein Klotz mit Zähnen. Die anderen Lexer waren jetzt nur noch etwa sechs Meter entfernt; sein Vorsprung schrumpfte mit jeder Sekunde.

Peter löste die Gurte an Brust und Hüfte, um den Rucksack zurückzulassen. Er würde es wohl auch ohne seine Ausrüstung Richtung Norden schaffen, obgleich seine Chancen immer geringer wurden, je mehr er auf dem Weg einbüßte. Aber alle Vorräte der Welt würden ihm nichts nützen, wenn er tot war. In einem letzten verzweifelten Versuch umklammerte er den Griff der Machete und wirbelte den Lexer herum, so dass er jetzt neben ihm lag, dann schwang er die Klinge nach oben und riss sie in einer bogenförmigen Bewegung wieder abwärts. Ein hässliches Knirschen erklang, der Klotz am Bein wurde still und sein Griff schlaff genug, dass Peter sich mit einem Ruck losreißen konnte. Die blutverkrusteten

Fingerspitzen des ersten der Neuankömmlinge streiften seinen Arm. Peter wandte sich ab und stürmte bis zum Ende der Brücke, wo er auf der zweispurigen Straße Richtung Westen weiter rannte. Er war verschwitzt und panisch, aber lebendig. Lebendig.

Nach knapp zwei Kilometern blieb er mitten auf der Straße stehen und trank gierig Wasser. Sein Knöchel fühlte sich okay an, was sicherlich auf Richs Pflege und seine Ratschläge zurückzuführen war. Er strich sich das tropfnasse Haar aus der Stirn und ging auf ein nahe gelegenes Haus zu. Davor stand ein Geländewagen, aber es gab auch eine Garage, in der Platz für zwei Wagen und somit sicherlich auch ein Fahrrad wäre. Dass er den SUV in Gang bringen könnte, wagte er kaum, zu hoffen. Als John und er den Lieferwagen besorgt hatten, mit dem sie letztendlich aus der Hütte geflüchtet waren, war die Batterie so leer gewesen, dass die Starthilfe nicht mehr als ein klägliches Klicken im Motor verursacht hatte. Sie hatten eine neue Batterie einbauen müssen. Nach fünf Monaten waren sicherlich die meisten Autobatterien leer. Er hätte es trotzdem versucht, wenn er denn etwas gehabt hätte, mit dem er dem SUV Starthilfe hätte geben können. Trotzdem suchte er nach dem Schlüssel und hoffte auf das Beste.

Mit dem Griff der Machete schlug er das kleine Fenster in der Seitentür der Garage ein und drehte von innen den Schlüssel im Schloss. Ein Fahrrad gab es nicht, aber dafür fand er ein Quad. Ein unbrauchbares allerdings, wie er feststellen musste, nachdem er den Schlüssel im Zündschloss gedreht hatte. Ein Quad wäre perfekt gewesen. Manchmal war das Frustrierendste an der ganzen Situation, von so vielen coolen Gegenständen umgeben zu sein, die einem *theoretisch* das Leben retten könnten, wenn sie denn verdammt noch mal *funktionieren* würden.

Die Durchgangstür ins Haus war nicht verschlossen und drinnen war es ruhig und friedvoll. Auf dem Boden lagen Klamotten verstreut und im Eingangsbereich der gemütlichen Wohnküche stand eine Kühlbox. Wer auch immer hier gelebt haben mochte – eine Familie, wenn man sich die Fotos an der Wand ansah – musste überstürzt abgehauen sein. Peter hatte kaum noch Wasser übrig. Der Kühlschrank war leer, also schaute er in der Kühlbox nach.

Der Gestank, als er den Deckel öffnete, war abscheulich. Der Mangel an Sauerstoff hatte die vergammelten Lebensmittel zwar nicht austrocknen lassen, hatte aber nicht verhindert, dass sie sich in eine halbflüssige Pampe verwandelten, die nach verrotteten Innereien und Tod roch – exakt wie die Lexer. Auf der widerlichen Suppe aus ehemaligem Aufschnitt und Obst schwammen zwei Dosen Pepsi. Er nahm eine davon, rieb sie ab und öffnete sie, dann nahm er einen großen Schluck. Die spritzige Süße legte sich über den sauren Geschmack in seinem Mund. Diese Pepsi war höchstwahrscheinlich das beste Getränk, das er je getrunken hatte. Am liebsten hätte er den Genuss so lange wie möglich ausgekostet, aber noch bevor er das nächste Mal Luft holte, war die Dose leer. Nel hätte alles für eine Pepsi getan; er hatte sich alle noch vorhandenen Dosen aus dem nahe gelegenen Walmart gegönnt und danach ebenso einen Entzug durchgemacht wie James mit seinen geliebten Zigaretten.

Peter verstaute die andere Dose in seinem Rucksack und nahm sich ein paar Tütensuppen aus einem der Küchenschränke. Es gab auch noch Konservendosen; er ließ sie stehen – im Moment hatte er ausreichend Lebensmittel und sie waren schwer. Warum hatte der Kerl auf der Überführung nicht die Häuser in der Gegend durchsucht? Das machte doch keinen Sinn. Aber wenn man in Gedanken noch immer in der alten Weltordnung feststeckte, gab es nicht viel, was Sinn machte. Vielleicht war der Kerl verrückt gewesen. Wenn man monatelang allein lebte, konnte das passieren. Peter setzte sich auf die Couch und entfaltete die Karte auf seinem Schoß. Er war noch etwa hundert oder hundertzehn Kilometer von der Kingdom-Come-Farm entfernt. Das waren vielleicht zwei oder drei Tagesmärsche. Je nachdem, wer oder was sich ihm noch in den Weg stellte.

Ein Fahrrad wäre schneller. Er prägte sich eine etwaige Route ein und warf einen Blick auf die Uhr. Es war zwei Uhr. Ein paar Stunden würde er noch schaffen, aber er brauchte einen Ort zum Übernachten. Und er war auch noch nicht weit genug von der Brücke entfernt. Er wusste nicht, wie lange die Lexer brauchen würden, um ihn einzuholen, aber wenn sie anderthalb Kilometer pro Stunde schafften, würden sie sicherlich bald aufkreuzen.

Er verließ das Haus durch die Eingangstür, gab dem Geländewagen eine Chance, war jedoch nicht überrascht, als nichts passierte. Dann lief er die Straße hinab. Diese Straße würde ihn durch Waterbury und entlang der Autobahn 89 führen; natürlich war er ausgerechnet in dem einen Teil von Vermont gestrandet, der nicht komplett von Schotterwegen und Landstraßen durchzogen war.

Er lief so schnell und so leise wie möglich. Einmal blockierte eine Gruppe von Lexern die Straße, und er wich über die Gärten der Häuser aus. Er rannte sicher schneller als sie, aber er wollte es nicht darauf ankommen lassen. Endlich erreichte er eine Brücke über den Fluss, dem er gefolgt war. Er dachte kurz darüber nach, einfach ans andere Ufer zu schwimmen und dann durch den Wald zu laufen, bis er die 89 erreichte, aber ohne Kompass und eine bessere Karte würde er sich garantiert verlaufen. Das wären doch mal ein paar berühmte letzte Worte: *Wir folgen einfach den Bäumen Richtung Norden. Das ist der schnellste Weg.* Nichts da, er würde sich schön an die Straße halten, zumindest, bis er näher dran war.

Als er sah, dass die Brücke verlassen war, seufzte er erleichtert auf. Endlich etwas, das heute glattgehen würde. Er war sich sicher, dass er etwas weiter flussabwärts gesehen hatte, wie eine Gestalt vom Wasser davongetragen wurde. Immerhin konnten Zombies nicht schwimmen. Wäre der Strom nordwärts geflossen, hätte er die Gegend nach einem Boot abgesucht, aber der Karte zufolge verlief er in Richtung Westen.

Peter bog auf die Hauptstraße ab und ging geradewegs auf das erste Haus zu, um nach einem Fahrrad zu suchen. Bislang hatte er nur ein paar Kinderfahrräder gefunden. Beim Gedanken daran, auf einem lilafarbenen Mädchenfahrrad mit Tinkerbell-Aufklebern, das er in einem Schuppen entdeckt hatte, durch halb Vermont zu radeln, hatte er laut lachen müssen, aber verdammt noch mal, er hätte es genommen, wären seine Beine nicht viel zu lang dafür gewesen.

Dieses Haus sah jedoch vielversprechend aus. Auf dem Subaru, der davor parkte, klebte ein Sticker mit der Aufschrift *Die Straße gehört uns allen* und am Heck war ein Fahrradträger befestigt. Er war gerade dabei, sich zu überlegen, wie er in die Garage einbrechen könnte, ohne Lärm zu machen, als er unter den Bäumen im Garten ein eng zusammenstehendes Grüppchen Lexer erspähte. Er blieb stehen und hielt den Atem an. Noch hatten sie ihn nicht gesehen. Er ging vorsichtig rückwärts, platzierte einen Fuß hinter dem anderen und hielt inne, sobald es so aussah, als würde einer von ihnen sich in seine Richtung wenden.

Er war beinahe aus ihrem Sichtfeld verschwunden, als einer ihn erblickte. Das Knurren, das er ausstieß, hallte über die Straße, dann wankte er langsam auf ihn zu. Peter wartete nicht ab, bis er sah, ob die anderen folgten; dessen war er sich ziemlich sicher. Er wirbelte herum und rannte zurück auf die Straße, von der die Hauptstraße abzweigte. Es war eine Sackgasse – das hatte er vorhin schon festgestellt – aber sie verlief parallel zum Fluss.

Es war eine schmale, gepflasterte Straße, die von Häusern, in denen sich höchstwahrscheinlich Fahrräder befanden, und einer Tankstelle mit möglichen Lebensmitteln gesäumt war. Er rannte weiter, links von ihm die Bahnschienen und rechts der Fluss, bis er auf der anderen Seite der Schienen einen schmalen Trampelpfad entdeckte, der in den Wald führte. Er stolperte über das Kiesbett und durch eine dunkle Fußgängerunterführung, in der ein Lexer auf ihn wartete, der durch das dumpfe Pochen seiner Stiefel auf dem Straßenbelag bereits wachsam in seine Richtung starrte. Peters Augen hatten sich gerade eben an die Dunkelheit gewöhnt, als er die ausgestreckten Arme vor sich bemerkte. Er hatte keine Zeit anzuhalten, also stieß er den Lexer gegen die Tunnelwand und rannte weiter. Er war so sehr mit seiner Flucht beschäftigt gewesen, dass er nicht einmal dazu gekommen war, sich zu erschrecken.

Der Pfad führte ihn durch die Bäume und wurde immer schmaler, bis Peter sich nicht einmal mehr sicher war, noch immer auf einem Pfad zu sein. Tief hängende Zweige peitschten ihm ins Gesicht, und beinahe wäre er mit dem Gesicht zuerst auf einen großen Stein gestürzt. *Durchatmen.* Er zwang sich, innezuhalten und in den Wald hineinzulauschen, obwohl seine Beine noch immer im Fluchtmodus waren. Aber blindlings durch den Wald zu rennen, war wirklich eine dämliche Idee. Er war voller dämlicher Ideen, wenn es um diese Art von Dingen ging. Als reiches Kind in New York City aufgewachsen zu sein, hatte ihn nicht darauf vorbereitet, in Zeiten wie diesen überleben zu können. Cassie war ebenfalls in der Stadt groß geworden, aber sie war alles andere als reich gewesen, und ein typisches Stadtkind konnte man sie ebenfalls nicht nennen. Als er sie kennengelernt hatte, waren ihm ihre zerlesenen, eselsohrigen Survival-Bücher aufgefallen, die sie stolz im Bücherregal zur Schau gestellt hatte. Bei ihrer Flucht aus New York hatte sie nur eins mitgenommen, und das hatte sie den Washington-Kindern gegeben. Die hatten sie gebeten, es zu signieren, so, als habe sie es selbst geschrieben. Damals war ihm das fürchterlich gegen den Strich gegangen, aber natürlich war ihm damals nahezu alles gegen den Strich gegangen, nicht zuletzt er selbst. Wenn er jetzt daran zurückdachte, fand er es einfach nur süß. Hank und Corrine waren liebe Kinder gewesen, genau wie Bits. Es war ihm unangenehm, dass ihn die Washingtons nur als den selbstsüchtigen, ewig herumnörgelnden Typen kennengelernt hatten, der sich mehr wie ein Kind benahm als die tatsächlichen Kinder in der Runde.

Hinter ihm auf dem Pfad war alles still. Vielleicht hatten die Lexer in Waterbury nicht bemerkt, in welche Richtung er abgehauen war, und der im Tunnel – den er hätte töten sollen, was er aber nicht getan hatte, weil er ganz offensichtlich ein Volltrottel war – schien ihm nicht gefolgt zu sein. Tja, das war ja schön und gut, andererseits hatte er sich offenbar verlaufen und keine Ahnung, in welche Richtung er gehen sollte. *Folge einfach dem Geräusch des Straßenverkehrs auf der Autobahn,* sagte er sich selbst und lachte freudlos. Es war ein schlechter Witz, ohne Frage, aber die Tatsache, dass er überhaupt noch in der Lage war, Scherze zu machen, war eindeutig Nels und Cassies Einfluss zu verdanken; die beiden waren diesbezüglich einfach unverbesserlich.

Nordwärts. Solange er Richtung Norden ging, war er auf dem richtigen Weg. Es war später Nachmittag, also sorgte er dafür, dass er die Sonne immer zu seiner Linken hatte, und versuchte, so gut wie möglich geradeaus zu gehen. Seiner Karte zufolge würde er früher oder später auf eine Straße stoßen, solange er nach Norden ging und keine Berge hochkletterte. Nach einer halben Ewigkeit traf er tatsächlich auf sie. Er hatte kein Wasser mehr und wollte die zweite

Pepsi für später aufbewahren, also füllte er seine Wasserflasche in einem selbstangelegten Brunnen auf, der hinter einer riesigen Villa mit einem ebenso großen algengrünen Swimmingpool stand. Wer auch immer einmal hier gelebt hatte, war steinreich gewesen. Er spielte kurz mit dem Gedanken, ins Haus zu gehen, aber nachdem er sich genähert hatte, starrten ihm aus dem großen Fenster einige Lexer entgegen. Eine Untote hatte noch immer einen Staubwedel in der Schürzentasche stecken. Gelassen spazierte er davon. Vor nicht allzu langer Zeit hatte ihn der bloße Anblick der Lexer noch in Angst und Schrecken versetzt, aber inzwischen sparte er sich seine Panik für diejenigen auf, die ihm tatsächlich etwas antun konnten. Man musste sich seine Energie- und Adrenalinschübe gut einteilen.

Er kam an weiteren schicken Villen vorbei, aber keine war so groß und luxuriös wie die erste. Die Jodtabletten mussten sich vollständig auflösen, bevor er das Wasser trinken konnte, und er zählte die Sekunden. Wie praktisch wäre einer dieser Filteraufsätze für Wasserflaschen gewesen, die man beim Wandern gut gebrauchen konnte; die waren schneller und ließen das Wasser nicht so eklig nach Jod schmecken, aber er war dankbar dafür, dass die Jodtabletten im Rucksack gewesen waren. Ekelhaft schmeckendes Wasser war schließlich besser als tödliches Wasser.

Auf ihrer Flucht aus der Stadt waren sie alle krank geworden, weil er und Ana das Wasser nicht gefiltert hatten. Das hätte sie umbringen können. Noch so eine Erinnerung, die er am liebsten vergessen hätte, stattdessen klebte sie in seinem mentalen Erinnerungsalbum mit dem Titel *Peter, das Arschloch*. Er war gerade dabei, sich erneut Selbstvorwürfen hinzugeben, als ihm klar wurde, dass er zwei Möglichkeiten hatte – er könnte sich alles, was er je falsch gemacht hatte, auf ewig weiter vorwerfen, oder er könnte sich endlich selbst vergeben und einfach der Mann sein, der er jetzt war. Außer ihm selbst machte ihm schließlich niemand mehr Vorwürfe, warum also hielt er selbst so eisern daran fest? Jetzt hatte er die Chance, reinen Tisch zu machen. Wenn er es nach Kingdom Come schaffen würde, dann wäre das so etwas wie seine Wiedergeburt.

Das war ja alles schön und gut, aber zuerst einmal stand es an, die Hauptstraße zu finden, denn die Straßen, auf denen sich diese

Villen befanden, verliefen allesamt kreisförmig. Auf der Karte fand er sie nicht, also folgte er einer von ihnen so lange westwärts, bis er eine fand, die Richtung Norden verlief. Darauf folgte eine, die sich als Sackgasse herausstellte. Er musste irgendwie zur Hauptstraße oder irgendeiner anderen Straße, die er auf der Karte identifizieren konnte, auch wenn das nicht die sicherste Lösung war.

Er stieß auf eine kleine Siedlung von Wohnhäusern. Diese gefielen ihm besser als die Villen. Hier war die Wahrscheinlichkeit, ein Fahrrad in einer Garage und Konserven im Küchenschrank zu finden, deutlich höher. Sie erinnerten ihn an das Haus, in dem er die ersten zwölf Jahre seines Lebens verbracht hatte. Seine Eltern waren gut gestellt, aber nicht reich gewesen. Sie hatten in Westchester gelebt, in einem hübschen Häuschen mit massig Platz und einem riesigen Garten, aber in der Garage hatte es Fahrräder und in den Küchenschränken Lebensmittel gegeben.

Vor einem Bauernhaus, dessen grüne Farbe bereits großflächig abgeblättert war, standen ein Pick-up und eine Limousine, obwohl es eine große Garage gab. Er war voller Hoffnung, dass das nur bedeuten konnte, dass die Garage voller Krimskrams war, und dass sich neben diesem auch ein Fahrrad finden ließe. Er musste nicht mal einbrechen; die Tür schwang auf, sobald er die Klinke herunterdrückte, und nichts rannte ihm in die vorgehaltene Machete. Und dort, hinter der staubbedeckten Werkbank, stand ein Männerfahrrad, das genau die richtige Größe zu haben schien. Er fand eine Luftpumpe, pumpte die platten Reifen auf, und dann schnürte er die Pumpe mit einem der zahlreichen Spannseile, die auf einem bunten Haufen lagen, auf dem Gepäckträger fest.

Wer auch immer hier gelebt haben mochte, es war eindeutig jemand gewesen, dem Ordnung nicht allzu wichtig gewesen war. Aber immerhin gab es hier alles, was Peter sich hätte wünschen können. Dies war sein Glückshaus. Vielleicht sollte er im Haus selbst nach Lebensmitteln und anderer Ausrüstung suchen. Die Eingangstür ließ sich ebenso leicht öffnen wie die Garagentür. Er machte sich die inzwischen altbewährte Zombie-Lock-Methode zunutze und rief hinein: „Hallo? Ist hier jemand?"

Langsam schlurfende Schritte erklangen. Zwei Lexer kamen ihm über den verblassten Wohnzimmerteppich entgegen. Einer erschien am oberen Treppenabsatz und purzelte prompt vor lauter Erregung die Stufen hinunter. Peter wartete nicht, bis er unten angekommen war, sondern ließ die Tür zufallen. Es gab nichts, was er so dringend brauchte, um irgendetwas zu riskieren, und inzwischen war auch sein Wasser trinkbereit. Er nahm ein paar große Schlucke, während sich die Lexer von innen gegen die Tür stemmten. Er schob keine Panik, zuckte aber doch ein wenig zusammen. Dann stieg er aufs Rad und trat in die Pedale. Es war beinahe sechs Uhr abends. Er sollte sich langsam einen geeigneten Schlafplatz suchen, wenn er in der Dunkelheit der Nacht keine böse Überraschung erleben wollte.

Als er sich der Hauptstraße näherte, fand er es – ein kleines gelbes Haus mit zwei Zimmern, das nicht verschlossen war. Sobald er sich vergewissert hatte, dass die Bewohner auch wirklich ausgeflogen waren, schloss er sich ein und legte sich auf die grüne Couch, den Rucksack griffbereit neben sich. Sein Magen knurrte laut, aber er hatte keine Energie mehr, um irgendetwas anderes zu tun, als die Augen zu schließen. Er behielt sein Pistolenholster an und legte auch die Machete nicht aus der Hand, während er daran dachte, dass ihn nur noch mickrige sechzig Kilometer von Bits und Ana trennten, auch wenn es sich anfühlte wie mindestens tausend. Aber morgen würde er sie wiedersehen. Sechzig Kilometer waren nichts, wenn man ein Fahrrad hatte.

KAPITEL 6

Er hatte vorgehabt, noch etwas zu essen, aber es war schon kurz vor Sonnenaufgang, als er wach wurde. Das fensterlose Badezimmer war der sicherste Ort, um die Taschenlampe einzuschalten und seine Vorräte zu begutachten. Die große Packung undefinierbaren Inhalts war eindeutig die unter den Umständen beste Wahl, denn er war am Verhungern. Laut Packung sollte es sich dabei um Ravioli mit Rindfleisch handeln, aber das würde wohl nur jemand glauben, der in einem Paralleluniversum aufgewachsen war. Es hätte allerdings wesentlich schlimmer sein können: Er hatte den sogenannten Eintopf aus den EPAs gesehen und schätzte sich glücklich, dass ihm diese Erfahrung erspart geblieben war. Er schlang die Ravioli hinunter und riss dann die Tüte auf, auf der Waffelgebäck stand. Die Waffeln waren himmlisch. Schade, dass nicht die ganze Mahlzeit daraus bestanden hatte.

Er benutzte die Toilette, obwohl es keine Möglichkeit mehr gab, zu spülen. Beschweren würde sich sicher niemand. Als er das Bad verließ, war es hell genug, um weiterzuziehen. Die Küchenschränke waren leer. Aber das war okay; er hatte genug zu essen für ein paar Tage. Wasser dagegen würde er bald brauchen, denn die Literflasche in seinem Rucksack war fast leer. Und die zweite hatte er dummerweise im Pick-up liegen gelassen. Er griff nach einer leeren Flasche, um sie unterwegs irgendwo aufzufüllen.

Draußen war es nebelverhangen; die Luft war feucht und schwer. Vielleicht war das ein Vorteil; vielleicht würde ihn der Nebel vor den Lexern verbergen. Allerdings schränkte er auch seine Sicht ein, also radelte er langsam genug, um notfalls schnell anhalten zu können, und schnell genug, um trotzdem gut voranzukommen. Die zweispurige Straße führte ihn an Bauernhöfen und Feldern vorbei, die sich inzwischen in überwucherte Blumenwiesen verwandelt hatten. Einmal kam er an ein paar Autos vorbei, die so aussahen, als hätte man sie zur Seite geschoben, um an ihnen vorbeifahren zu können. Die Autos waren umgeben von Lexern. Aber auch hier erwies sich das Fahrrad als Segen, denn er sauste einfach vorbei, und ehe die Lexer realisiert hatten, dass ihr Essen auf Rädern eingetroffen war, war er längst über alle Berge.

Der Nebel lichtete sich und entblößte einen strahlend blauen Himmel mit vereinzelten kleinen Wolken. Das Schild einer Tankstelle tauchte am Horizont auf. Er beschloss, sich dort nach Wasser umzusehen, aber durstig, wie er war, würde er sich mit jedem Getränk zufriedengeben. Er befand sich kurz vor der Abfahrt auf die kleinere Straße, die ihn Richtung Norden bringen würde. Es war zweifelhaft, ob es dort viele Geschäfte geben würde.

Die Türen der Tankstelle waren verschlossen und er hätte das Fenster einschlagen müssen, wenn ihm nicht schon jemand zuvorgekommen wäre. Das war gut, insofern, dass er keinen unnötigen Lärm machen musste, aber es konnte auch bedeuten, dass drinnen nichts Brauchbares mehr zu finden war. Nichtsdestotrotz kletterte er durch die Öffnung und stieg auf einen kleinen Haufen Scherben, der unter seinen Stiefeln knirschte. Er ging an leeren Regalen vorbei zu den Kühlschränken, die sich entlang der hinteren Wand reihten. Saure Milch und schimmeliger O-Saft waren das Einzige, das im Angebot war. Peter seufzte. Er hatte gerade den letzten Rest seines Wassers hinuntergestürzt und war noch immer durstig. Er bückte sich, um auch in den unteren Fächern nachzusehen, und erlaubte sich einen leisen Jauchzer. Da war sie, umgefallen und ganz hinten in der Ecke: eine einsame kleine Flasche Wasser.

Er drehte den Deckel auf und gönnte sich ein ganzes Viertel des kostbaren Guts, ehe er sie in die Seitentasche seines Rucksacks steckte und sich auf den Weg nach draußen machte. Dort beschnupperte ein Lexer sein Fahrrad. Es sah wirklich so aus, als würde er schnuppern, genau wie ein Hund. Er drehte ruckartig den Kopf hin und her und grunzte, als er Peter erblickte. Es wirkte wie ein Gruß. *Hey, na, wie geht's? Mir ist übrigens gerade danach, dich zu vernaschen!* Die Machete machte ein schleifendes Geräusch, als er sie aus der Scheide zog und damit auf seinen neuen Freund zuging, der ihm bereits entgegenkam. Er versenkte die Klinge seitlich im Hals des Lexers und zog sie dann wieder heraus.

Man musste den Kopf erwischen, aber mit einem gekonnten Hieb unters Kinn und einem leichten Ruck nach oben kam man auch ans Ziel – und das mit wesentlich weniger Kraftaufwand. Da saß wohl auch genug Stammhirn, um sie ein für alle Mal auszuschalten, vermutete er. Er wischte die Klinge am Gras ab und warf ein Bein über den Sattel. Die frische Brise war angenehm; sie verhinderte, dass ihm unter den vielen Kleidungsschichten allzu heiß wurde, dennoch hatte sich zwischen Rücken und Rucksack eine ordentliche Schweißschicht gebildet.

Die Abfahrt musste gleich kommen. Er kam ihr immer näher. Es war früher Morgen, und er hatte den ganzen Tag vor sich. Vierzehn Kilometer nördlich von hier lag ein Naturgebiet mit einem See, wo er seine Wasservorräte würde auffüllen können. Er hätte vor Freude gepfiffen, wäre das nicht zu riskant gewesen.

Etwa auf halbem Weg zum Naturgebiet meinte er, etwas im Wald zu hören. Er stieg vom Rad und stellte sich angestrengt horchend mitten auf die Straße. Hinter ihm ertönte ein Krachen, und er wirbelte herum, nur um Lexer auf die Straße strömen zu sehen. Dutzende von Lexern. Er schwang sich zurück aufs Fahrrad und trat in die Pedale, nur um hinter der nächsten Kurve eine weitere Gruppe vorzufinden. Sie schienen ein Teil der ersten Gruppe zu sein; er befand sich offensichtlich inmitten einer der umherziehenden Herden, von denen Zeke gesprochen hatte. Er war direkt ins ruhige Auge eines Lexersturms hinein geradelt.

Sie standen zu nahe beieinander, als dass er sich zwischen ihnen hätte hindurchzwängen können. Er könnte das Rad stehen lassen und durch den Wald abhauen, aber es hörte sich an, als würden da noch etliche andere warten. Die Brise kühlte ihn nicht länger ab. Er war ein einziges zitterndes, schwitzendes Nervenbündel. Aber für genau solche Situationen hatte er schließlich sein Adrenalin aufgespart. Sein einziger Ausweg war ein Dauercampingplatz namens *Elmore Estates*, der ein Stück weiter auf der rechten Seite lag. Das bedeutete zwar, jegliche Überlebensinstinkte zu ignorieren und sich in Richtung der schlurfenden, stöhnenden Menge zu bewegen, aber er musste es einfach versuchen.

Er radelte entschlossen auf die ersten Lexer zu. Ein paar schmutzige Hände ergriffen seinen Lenker und das Rad glitt ihm zur Seite weg. Er schaffte es gerade noch, nicht auf dem Boden zu landen wie das Fahrrad, und rannte auf den Eingang des Platzes zu. Elmore Estates bestand aus einer im Kreis verlaufenden Straße mit Wohnwagen zu beiden Seiten des Weges. Der Platz war von einem Maschendrahtzaun umgeben, in den breite grüne Bahnen aus Plastikfolie hineingewoben waren, die wohl den Platzbewohnern hatten Sichtschutz bieten sollen. Es sah so aus, als sei irgendwann einmal alles perfekt in Schuss und sehr gepflegt gewesen, aber jetzt waren die Blumen in den Kästen vor den Fenstern verwelkt, einige Wohnwagentüren hingen schief in den Angeln und überall lag Müll verstreut.

Peter entschied sich für den Weg, der nach rechts führte. Ein Wohnwagen mit kaputter Tür war nutzlos, und wenn er die Tür erst aufbrechen musste, um ins Innere zu gelangen, war sie hinterher ebenfalls nutzlos. Er rannte auf das offene Fenster des vierten Wohnwagens links zu und schnitt mit der Machete ein Loch in den Fliegenschirm, gerade in dem Moment, als die Herde in seinem Blickfeld erschien. Und wenn er sie sehen konnte, konnten sie auch ihn sehen. Er warf seinen Rucksack in den Wohnwagen und sprang hinterher. Dann knallte er das Fenster zu.

Er befand sich in einem leeren Wohnzimmer, dessen breite Türöffnung in die ebenfalls leere Küche führte. Der halbdunkle Flur hatte drei Türen, die allesamt geschlossen waren. Das reichte ihm an Sicherheit; mehr brauchte er in diesem Moment nicht. Er ging in die Hocke und bewegte sich langsam in Richtung des Fensters, durch das er eingestiegen war. Mit einem Arm stützte er sich auf die Lehne des geblümten Sofas und warf einen vorsichtigen Blick nach draußen. Das Erste, was in sein Blickfeld geriet, waren gelbe Zähne, zwischen denen eine schwarze Pampe undefinierbaren Ursprungs klebte, und lidlose, gierig dreinschauende Augen. Er fiel hintenüber vor Schreck, als der Lexer mit einer skelettartigen Hand gegen das Glas schlug. Sie wussten, dass er hier drinnen war.

Sie wussten es, und das bedeutete, dass sie nicht aufgeben würden, ehe auch sie selbst drinnen waren. Als hätten sie seine Gedanken gelesen, verdunkelte sich im nächsten Moment die untere Hälfte des Fensters, als noch mehr Lexer mit ihren schmutzigen Händen gegen das Glas schlugen, und dann begannen sie, an der Tür zu rütteln.

Er kroch aus dem Wohnzimmer, den Rucksack hinter sich herziehend, und sprang dann auf, um durch den Flur zu gelangen. Der Raum am anderen Ende des Wohnwagens war seine letzte Chance. Vielleicht würde es ihm gelingen, aus einem Fenster und in einen anderen Wohnwagen zu flüchten. Vielleicht würde er es sogar auf wundersame Weise über den Zaun schaffen. Was ihn auf der anderen Seite erwartete, wusste er nicht, aber es konnte nicht schlimmer sein, als in einem wohnwagenförmigen Sarg auf den Tod zu warten.

Er drehte den Türknauf nach rechts, hob die Machete und ließ die Tür aufschwingen. Hier stand ein Bett mit einer billigen Steppdecke, und darunter lagen die kläglichen Reste eines alten Ehepaars. Im Tod waren sie eingeschrumpft und runzlig, aber er konnte noch immer die Falten und Furchen in ihren Gesichtern erkennen. Neben dem Bett lehnte ein Ruger-Scout-Gewehr – Peter kannte die Marke, weil John auch so eins hatte – und daneben lag eine Schachtel Munition. Ein zusätzliches Gewehr konnte nicht schaden. Er stopfte die Munition in seinen Rucksack, warf sich den Tragegurt der Waffe über die Schulter und trat ans Fenster.

Ein breiter, inzwischen überwucherter Grünstreifen verlief hinter der Reihe der Wohnwagen. Das Gras war frei, aber auf dem Asphalt auf der anderen Seite des Kreises sah er Lexer. Wenn er es schaffte, von hinten in einen der anderen Wohnwagen einzusteigen, könnten sie diesen hier ruhig aufbrechen. Und das würden sie; er hörte, wie am anderen Ende des Wagens das Holz der Tür splitterte.

Er öffnete das Fenster und stieß den Fliegenschirm heraus. Mit einem kurzen Blick in alle Richtungen vergewisserte er sich, dass es sicher war, loszurennen, und visierte das Fenster eines Campinganhängers an, der ein paar Meter weiter stand. Hinter dem Fliegenschirm sah er keine Reflexion, was ihn vermuten ließ, dass das Fenster offen stand. Sollte das nicht der Fall sein und er müsste das Glas einschlagen, dann würde das seinen sicheren Tod bedeuten. Andererseits war er auch tot, wenn er noch lange hierblieb. Kam also auf dasselbe hinaus.

Sein Stiefel verharrte einen Augenblick lang auf dem Fenstersims, dann war er draußen und rannte geduckt an der Rückseite der Wohnwagen entlang. Auch dieser Fliegenschirm musste seiner Machete weichen. Er warf seinen Rucksack hinein und folgte ihm. Mit einem dumpfen Schlag prallte er auf dem Boden auf. Einen Moment lang blieb er so liegen und versuchte angestrengt, über das laute Pochen seines Herzens hinweg zu horchen, aber es klang nicht so, als würden die Lexer näher kommen. Das Fenster quietschte laut, als er es schloss, mit Sicherheit musste das kilometerweit zu hören sein. Er ließ die Außenjalousie Millimeter für Millimeter nach unten, dann hatte er es geschafft. Er lehnte sich gegen die Wand und schloss die Augen.

Im nächsten Augenblick riss er sie wieder auf, als er im Flur ein Knarren hörte. Dieser Wohnwagen war genauso geschnitten wie der erste. Er war von hinten eingestiegen und im gleichen Schlafzimmer gelandet, aus dem er eben erst geflüchtet war. Seine Machete lag auf dem Boden; er war so erleichtert gewesen, dass er vergessen hatte, dass es drinnen zuweilen genauso gefährlich sein konnte wie draußen. Mal wieder so eine blöde Aktion á la Peter. Typisch. Na ja, er musste wohl alles auf die harte Tour lernen – anders schien eine Lektion nicht hängen zu bleiben.

Wieder dieses Knarren von Holzdielen. Am besten sah er gleich mal nach, denn es war besser, zu wissen, was einen erwartete und einen sicheren Rückzugsort zu haben, als hier in dieser Ecke des Schlafzimmers, das aussah, als wäre eine Stickereimanufaktur darin explodiert, gefangen zu sein. Peter ging auf die Tür zu. Es dauerte einige Sekunden, ehe sich seine Augen ans Halbdunkel des Flurs gewöhnt hatten. Ein kleiner Junge in einem Schlafanzug mit Raketenmuster, der kaum älter als fünf sein konnte, stolperte durch den Flur auf ihn zu. Niedlich konnte man ihn wirklich nicht mehr nennen, aber an den runden Pausbäckchen und den dunklen Locken, die sein Gesicht umrahmten, sah man, dass er es einmal gewesen war.

Peter spielte kurz mit dem Gedanken, ihn einfach ins Schlafzimmer zu bugsieren und die Tür hinter ihm zu verschließen, damit er ihn nicht würde töten müssen, aber wenn es um Zombies ging, konnte man sich Sentimentalität nicht leisten. Menschen waren etwas anderes. Sogar solche wie der Typ auf der Brücke mochten sein Mitgefühl verdient haben. Aber nicht Zombies. Peter trat zurück ins Schlafzimmer. Der kleine Junge folgte ihm mit knirschenden Milchzähnen und hungrigen Augen. Auf dem Oberteil seines Schlafanzugs stand *Ein großer Sprung ins Bett*. Wahrscheinlich hatte er diesen Schlafanzug über alles geliebt. Das hätte der fünfjährige Peter jedenfalls getan.

„Tut mir leid …", flüsterte er und rammte dem Kleinen seine Machete ins linke Auge.

Der Junge landete auf der Seite, was ihn so aussehen ließ, als würde er schlafen: Die eine Hand berührte sein Gesicht, die andere lag auf seinem runden Bäuchlein. Einen Moment lang stand Peter regungslos und starrte auf den kleinen Körper, dann schloss er die Schlafzimmertür hinter sich und erkundete den Rest des Wohnwagens. Das Zimmer des Kleinen war hellblau und voller Spielsachen. An der Wand stand in hölzernen Lettern sein Name: *Jonah*. Alle Jalousien in der Küche und im Wohnzimmer waren heruntergelassen und die Räume leer. Er fragte sich, wie es sein konnte, dass Jonah so ganz allein war. Hatten seine Eltern ihn einfach zurückgelassen, ohne zu wissen, was aus ihrem Sohn werden würde? Hatten sie vielleicht Hilfe holen wollen und waren dabei selbst ums Leben gekommen? Hatten sie gewusst, was sie erwartete, aber konnten es nicht übers Herz bringen, den Kleinen zu töten? Peter malte sich zahlreiche trostlose Szenarien aus, aber er konnte nur hoffen, dass Jonah nicht gelitten und keine Angst gehabt hatte; dass er nicht allein gewesen war, als er starb.

Er biss sich so kräftig auf die Lippe, dass er den Eisengeschmack seines Bluts wahrnahm, aber dieses Mal brachte es nichts. Der Schmerz konnte das Brennen in seiner Brust nicht übertönen. So viele Menschen waren allein und verängstigt gestorben, hatten nach ihren Eltern geschrien, nach ihren Ehepartnern, ihren Kindern. So wie Jane wahrscheinlich geschrien hatte, als sie auf der Rückbank des brennenden Autos eingeklemmt gewesen war. Peter sank auf einem Stuhl am Küchentisch in sich zusammen, legte den Kopf auf die Arme und ließ seinen Tränen freien Lauf.

***

Weinen war keine gute Idee gewesen. Emotional gesehen mochte er sich besser fühlen, aber dafür war er jetzt durstiger denn je. Seine kleine Wasserflasche war nur noch zu einem Drittel voll und auch eine gründliche Durchsuchung der Küche brachte außer Brausepulver, Erdnussbutter und ein paar Schachteln Crackern nichts Brauchbares ans Licht. Na toll, Cracker hatte er schon. Salzige, durstig machende Cracker.

Er warf einen Blick durch die Jalousien und stellte fest, dass der ganze Platz voller Lexer war. Sie mussten den ersten Wagen aufgebrochen haben und jetzt, wo es niemanden zum Vernaschen gab, standen sie nur blöde da oder wanderten ziellos umher. Einer von ihnen hatte seinen Arm an einem Wohnwagen abgestützt und stand mit gebeugtem Kopf da, so als würde er auf einer Party mit einem hübschen Mädchen flirten. Peter durchschritt den Wohnwagen und begutachtete jede Fluchtmöglichkeit, aber es gab keinen einzigen Ausgang, wo nicht mindestens eine Handvoll von ihnen herumstand. Die Wahrscheinlichkeit, dass er ohne immense Probleme den Zaun erreichen würde, erschien ihm sehr gering.

Der Schluck Wasser, den er sich erlaubte, war delikat. Er schluckte ihn erst hinunter, nachdem er ihn gründlich im trockenen Mund hin und her bewegt hatte. Er würde einfach hier warten, bis die Herde weiterzog. Mit Sicherheit würden sie sich früher oder später ein neues Ziel setzen und weiterwandern. Die Herden schienen umherzuziehen. Er konnte nur hoffen, dass das passieren würde, bevor er noch durstiger wurde. Wie lange konnte man eigentlich ohne Wasser überleben? Zwei, drei Tage? Vielleicht länger, aber dann wäre man mit Sicherheit nicht mehr in so guter Form, dass man vor einer ganzen Herde Lexer davonlaufen konnte.

Er setzte sich auf die Ledercouch im Wohnzimmer. Dort hingen ein paar Familienfotos, auf denen Jonah immer der Mittelpunkt zu sein schien. Es hatte eine Mutter und einen Vater gegeben, und Mutti war eindeutig diejenige gewesen, die sich um die Einrichtung gekümmert hatte. Das Wohnzimmer war voller Kunstdrucke von Blumen in Vasen, die durch tatsächliche Plastikblumen in Vasen ergänzt wurden – und das sowohl auf beiden Beistelltischen als auch auf dem Couchtisch und der hölzernen Fernsehkonsole mit den Goldapplikationen.

Er musste pinkeln und war schon auf dem Weg ins Bad, als ihm einfiel, dass er seinen Urin vielleicht besser aufbewahren sollte. Er schaute in den Schränken nach und fand eine Tupperware-Kanne. Sie war aus durchsichtigem Kunststoff. Nachdem er fertig war, begutachtete er die gelbliche Flüssigkeit darin mit einem unguten Gefühl in der Magengrube. Er konnte sich nicht vorstellen, dass er jemals durstig genug sein würde, um freiwillig seinen eigenen Urin zu trinken. Aber man konnte nie wissen, wie verzweifelt man sein konnte, bevor man es tatsächlich war. Vielleicht könnte er das Brausepulver hineingeben? Angeekelt schüttelte er den Kopf. Darüber würde er sich erst Gedanken machen, wenn – und falls – er das wirklich musste. Bis dahin hatte er schließlich noch ein wenig Wasser und eine EPA, in der vielleicht auch noch etwas Flüssiges drin war. Er öffnete das Paket und holte unter anderem einige Packungen mit Rinderbrust, Zwieback, Keksen, noch mehr Crackern und haltbarer Margarine in Flockenform daraus hervor. Eine trockenere EPA war ihm noch nie untergekommen. *Danke für nichts, liebes Universum,* dachte er. Weit war er heute nicht gekommen, aber er war hundemüde, also schnappte er sich die Decke von der Rücklehne der Couch, rollte sich auf die Seite und schlief ein.

Als er erwachte, war es Nachmittag. Er war noch immer durstig. Wer hätte das gedacht. Er pinkelte noch einmal in die Kanne, die schon jetzt fürchterlich roch, und nahm einen kleinen Schluck Wasser. Die Lexer waren immer noch da. Irgendeine Form von Ablenkung wäre jetzt super. Er ging in den hinteren Teil des Wohnwagens, wo er mit aller Kraft versuchte, Jonah zu ignorieren, aber die Chancen, etwas aus dem Fenster zu werfen, ohne die Lexer anzulocken, standen mehr als schlecht. Na ja. Hätte ja klappen können.

Das Bücherregal im Wohnzimmer war voller Romanzen. Entweder hatte Vati auch gern Schnulzen gelesen, oder er war einfach kein Bücherwurm gewesen. Peter suchte sich eine aus, in der keine reichen Erben vorzukommen schienen, und setzte sich auf die Couch, um zu lesen, bis es dunkel wurde. Als das Licht, das durch die Jalousien hereinschien, zu dämmrig wurde, warf er das Buch in eine Ecke. Die Auswahl seines apokalyptischen Lesestoffs hatte sich wahrlich in eine bizarre Richtung entwickelt. Kein Wunder, dass Cassie darauf bestand, ihre eigenen Bücher mit sich herumzuschleppen; das war wahrscheinlich noch so eine Überlebensstrategie, die nur sie und John vorab gekannt hatten.

Er legte sich hin und schloss die Augen, aber er konnte nur an das Liebespaar im Buch denken. Sie hatten sich auf einer Party kennengelernt, sich Hals über Kopf ineinander verliebt und anschließend eine stürmische Romanze gehabt. Die junge Frau hatte bald darauf erfahren, dass sie schwanger war, aber dem jungen Kerl hatte sie nichts davon erzählt, um ihm seine vielversprechende Zukunft nicht zu versauen, wenn er mit vierundzwanzig Jahren schon Vater werden sollte. Also hatte sie das Kind allein in einer entlegenen Kleinstadt aufgezogen, während er zwei verzweifelte Jahre damit verbracht hatte, nach ihr zu suchen. Aber anstatt sich zu freuen, dass er sie endlich gefunden hatte – nachdem sie Tag und Nacht von ihm geträumt und in die Augen ihres Sohnes gestarrt hatte, *die eindeutig die seines Vaters waren* – hatte sie ihm die Tür vor der Nase zugeschlagen. Es war zum Verrücktwerden. Nicht, dass Peter selbst ein Meister erfolgreicher Beziehungen war, aber das? *Ganz ehrlich.*

Warum zur Hölle beschäftigte ihn das Thema so? War es der Wassermangel, der seinem Gehirn bereits zusetzte? Er gönnte sich noch einen kleinen Schluck und schloss erneut die Augen. Dieses Mal kreisten seine Gedanken darum, was er tun würde, sobald er Ana wiedersehen würde – falls sie ihm nicht sofort die Tür vor der Nase zuschlagen würde, wie eine gewisse fiktive Person, von der er soeben gelesen hatte – und um Nels Gesichtsausdruck, wenn er ihm die Dose Pepsi in die Hand drückte, die er für ihn aufbewahrt hatte.

Peter setzte sich auf und schüttelte ungläubig den Kopf. Wie konnte er die Pepsi vergessen haben? Er zog sie aus den Tiefen seines Rucksacks und stellte sie auf den Couchtisch. Er konnte sie in der Dunkelheit glänzen sehen, und sie war das Schönste, was er seit langem gesehen hatte. Zu schön, um sie einfach so dort auf dem Tisch stehen zu lassen. Er nahm die Dose an sich, drückte sie sich an die Brust und schlief augenblicklich ein.

Der nächste Morgen gestaltete sich ebenso wie der am Tag zuvor: Draußen alles voller Lexer, in die Kanne pinkeln, ein paar Cracker mit haltbarem Schmelzkäse essen, einen winzigen Schluck Wasser nehmen. Zumindest das Liebespaar im Roman hatte sich schlussendlich zusammengerauft. Er holte sich einen neuen aus dem Regal, schlug ihn auf und verdrehte die Augen, sobald die vorhersehbare Abfolge von erzwungenen Missverständnissen begann. Aber er verstand, warum die Leute so etwas lasen – man konnte sich immer darauf verlassen, dass am Ende alles gut ausging. In der wirklichen Welt gab es ein solches Versprechen nicht, und erst recht nicht in dieser neuen Welt. Man konnte hoffen, dass alles gut werden würde, man konnte daran glauben, aber man konnte sich nicht darauf verlassen. Aber Peter beschloss, wenigstens daran zu glauben. Er hatte schließlich immer noch die Pepsi, ein paar Schlucke Wasser und mehr Cracker, als ein Mann jemals essen konnte.

Die Personen im Roman waren dauernd nur am Trinken und langsam kam ihm der Verdacht, dass ihn der Schriftsteller absichtlich quälte. Wein, Limonade, Gläser voll mit eisgekühltem Mineralwasser – so nah und doch so fern. Und das Schlimmste war, dass die Personen ihr Glück nicht einmal wertzuschätzen wussten. Er legte sich das Buch auf die Knie und starrte seine Pepsi an. Er würde sie öffnen und einen Schluck nehmen, und dann würde er sie in einen verschließbaren Behälter umfüllen, so dass das kostbare Gut nicht verdunsten konnte.

Peter öffnete die Dose und nahm zwei gierige Schlucke. „Genug!", sagte er und zwang sich, innezuhalten. Was war besser? Alles auf einmal zu trinken und dann gar nichts mehr zu haben oder ganz langsam zu verdursten, während man sich schlückchenweise am Leben erhielt? Er entschied sich für die zweite Variante. Zumindest konnte sein Körper auf diese Weise die Flüssigkeit verarbeiten, anstatt einfach nur seine Pipi-Sammlung zu erweitern. Er hoffte nur, dass Koffein und Zucker seinen Durst nicht noch verschlimmern würden.

Gegen Nachmittag und zwei Romane später hatten sich die Lexer noch immer nicht vom Fleck bewegt. Als der Abend dämmerte, war er so durstig, dass er sich erlaubte, zu seiner Rinderbrust den Rest des Wassers zu trinken. Kulinarisch gesehen war es nichts Besonderes, aber es enthielt mehr Flüssigkeit, als er zu hoffen gewagt hatte. Das machte Hoffnung auf den dritten Tag, für den ihm noch ein Großteil seiner Dose Pepsi blieb.

Neuer Tag, neue Romanze. Gegen Mittag konnte Peter kaum noch an etwas anderes denken als an Getränke. Er hätte sich sogar mit Pflaumensaft, dem ekligsten aller Getränke, zufriedengegeben. Die paar Schlucke Pepsi, die er sich gegen ein Uhr mittags genehmigte, machten ihn so durstig, dass er nur ein paar Stunden später seine knochentrockene Zunge in den Behälter tunken musste. Er war erschöpft, mehr als es jemand, der den ganzen Tag nur herumsaß und Liebesromane las, sein sollte, und als es dunkel wurde, fielen seine Augen fast von alleine zu.

Als er am nächsten Morgen erwachte, war sein Mund wie zugeklebt. Er beäugte die etwa hundertfünfzig Milliliter Pepsi, die ihm noch blieben. Sie standen neben der Kanne mit Urin auf dem Küchentisch. Seine Abneigung war nicht mehr ganz so extrem und beinahe konnte er schon den Reiz darin sehen, die gelbe Flüssigkeit zu trinken, wenn die Pepsi einmal leer war. Na ja, vielleicht nicht den *Reiz*, eher die Notwendigkeit.

Sechzig Milliliter am Morgen, dreißig nachmittags, dreißig zum Abendessen und dreißig für morgen. Es faszinierte ihn, dass er noch genügend Wasser im Körper hatte, um die Kanne weiter zu füllen. Woher nahm sein Körper die ganze Flüssigkeit? Warum wurde sie nicht verarbeitet? Am liebsten hätte er seiner Blase gehörig den Hintern versohlt, stattdessen las er einen Liebesroman, wenn er nicht gerade ein Nickerchen machte. Dann war es schon wieder Abend, und er legte sich schlafen.

Tag fünf bescherte ihm den letzten kostbaren, bittersüßen Schluck Pepsi. Und das war's. Er versuchte, die Kanne auf dem

Küchentisch zu ignorieren, und drückte sich die kleine Packung mit Barbecuesauce aus der EPA in den Mund. Immerhin bescherte sie ihm ein wenig Feuchtigkeit, aber der hohe Salzgehalt würde sicher alles noch schlimmer machen. Er lutschte das Pfefferminzbonbon aus der EPA mit den Ravioli und starrte die Decke an. Er wusste nicht, ob er sich das nur einbildete, oder ob er tatsächlich so schwach und erschöpft war. Er hatte keine Energie mehr. Ob das daran lag, dass er vollkommen dehydriert war oder an der Tatsache, dass ihn die Lexer im Vorgarten überleben würden, konnte er nicht sagen.

Sie würden gewinnen.

Der Gedanke brachte ihn dazu, sich aufzusetzen. Nein, sie würden ganz sicher nicht gewinnen. Verdammt noch mal. Er würde Bits wiedersehen. Wenn sie morgen noch da wären, würde er Brausepulver in die Kanne schütten, sich überwinden und einen Fluchtversuch wagen. Es würde schon irgendwie gehen. Beinahe zuversichtlich legte er sich wieder hin und driftete in einen unruhigen Schlaf, in dem er von sprudelnden Wasserhähnen und Kühlboxen mit eisgekühlten Getränken träumte.

In der Morgendämmerung erwachte er mit dem Gedanken an Warmwasserbereiter. Falls das ein Traum gewesen war, konnte er sich nicht daran erinnern. Sein Gehirn war langsam und vernebelt und hätte am liebsten noch ein paar Minuten geruht. Welchen Sinn machte es auch, früh aufzustehen? Seine Mission würde ihm schließlich nicht weglaufen. Da war es vielleicht besser, sich noch ein wenig auszuruhen und Kraft zu tanken.

Warmwasserbereiter.

Peter sprang so hastig von der Couch auf, dass die große Vase auf dem Couchtisch auf den Boden fiel und zersprang. Er fluchte und warf einen schnellen Blick nach draußen. Die Lexer schienen nichts gehört zu haben.

Cassie und John hatten oft leidenschaftliche Diskussionen über verschiedene abwegige Überlebensstrategien geführt. Zum Beispiel konnte man Steine im Feuer aufwärmen und dann im Zelt unter einer dünnen Schicht Erde begraben, um nicht zu frieren, auch gab es verschiedene Möglichkeiten, ohne Streichhölzer Feuer zu machen. Solche Sachen eben. Sie waren beide ein wenig verrückt, wenn man mal genau darüber nachdachte. Aber er erinnerte sich schwach an ein Gespräch über Warmwasserbereiter. Selbst wenn die Wasserversorgung versagte, würde das Wasser, das bereits in den Warmwasserbereitern war, dort bleiben. So ließ sich in jedem Haus literweise potenzielles Trinkwasser finden. Auf zittrigen Beinen ging er den Flur hinab und fand den Wassertank im Einbauschrank mit der Waschmaschine und dem Trockner. Groß war er nicht, aber knappe hundertvierzig Liter sind eine Menge Wasser, wenn man Durst hat. Mit hundertvierzig Litern würde er die Lexer allemal aussitzen können.

Am unteren Ende befand sich ein Zapfhahn; jetzt brauchte er nur noch eine Schüssel aus der Küche. Die Hand, mit der er die Schüssel unter den Tank hielt, zitterte, als er den Hahn aufdrehte und darauf wartete, dass das kühle, lebenswichtige Wasser zu fließen begann. Ein paar Tropfen befeuchteten den Boden der Schüssel, aber mehr kam nicht. Peter leckte die Feuchtigkeit gierig auf, bevor er sie aus Versehen verschüttete oder irgendetwas anderes ähnlich Katastrophales damit passieren könnte. Es schmeckte so gut, dass er vor Wonne stöhnte, aber es war nur ein Tropfen auf dem heißen Stein. Das konnte doch nicht alles sein. Wäre er nicht darauf versessen gewesen, jeden Tropfen wertvoller Flüssigkeit in seinem Körper zu bewahren, hätte er vor Enttäuschung geweint. Warum war da kein Wasser?

Dann fiel es ihm wie Schuppen von den Augen – der Unterdruck! Manchmal musste man ein Ventil oder einen Hahn öffnen, damit das Wasser ablaufen konnte. Er schloss den Zapfhahn, drehte den Hahn im Waschbecken auf, hielt die Schüssel unter den Wassertank und drehte den Zapfhahn erneut auf. Nichts. Langsam wurde er wütend. Da war Wasser drin, und es gehörte ihm, verdammte Axt. Er würde den Deckel mit der Machete abschlagen, wenn er müsste.

Stattdessen begann er, das Heißwasserrohr zu bearbeiten, das oben aus dem Tank ragte, denn er konnte weder ein Ventil noch einen Hahn finden, von dem er John hatte reden hören. Er sprach ein Stoßgebet, drehte am Hahn und atmete erleichtert aus, als sich das Wasser in stetem Strom in die Schüssel ergoss. Es war mit Sicherheit nicht das sauberste Wasser, das er je gesehen hatte:

kleine Kalkflocken und anderes, das sich am Boden des Tanks abgesetzt hatte, wirbelten darin herum. Aber immerhin war es kein Urin, und das reichte ihm. Er trank die Schüssel in einem Zug leer und füllte sie sofort wieder auf. Wie herrlich Wasser schmecken konnte. Später würde er den Inhalt des Wassertanks in Behältnisse umfüllen, um zu beurteilen, wie viel er zur Verfügung hatte, aber jetzt in diesem Moment wollte er einfach nur noch eine weitere Schüssel trinken. Er hatte gewusst, dass sich schon alles richten würde. Und er schwor, sich nie wieder über Cassie und John lustig zu machen.

Als der Abend hereinbrach, hatte er den Eindruck, dass draußen schon viel weniger Lexer herumlungerten als zuvor, aber in der Dunkelheit konnte er nicht weit genug sehen, um sich ganz sicher zu sein. Er packte seinen Rucksack, für den Fall, dass er am nächsten Morgen weiterziehen konnte, und steckte den Roman, den er gerade las, in die Seitentasche. Er wusste schon jetzt, dass er gut ausgehen würde, aber er wollte ihn trotzdem noch zu Ende lesen.

Am nächsten Morgen machte er sich Brause mit dem Brausepulver, ein Luxus, den er als Kind nie hatte genießen dürfen, denn laut seiner Mutter war Brausepulver mit seinem hohen Zuckergehalt das reinste Gift für Kinderzähne. Er genoss jeden Tropfen davon mit einer Handvoll Cracker. Er hatte sich nicht getäuscht: Es waren wirklich weniger Lexer draußen. Ein paar Dutzend waren es vielleicht noch, und sie waren weit verstreut. Er würde sie locker abhängen können, vor allem, wenn sein Rad noch auf der Straße vor der Auffahrt lag.

Er trommelte mit den Fingern auf der Arbeitsplatte herum und mischte sich noch eine Portion Brause. Er würde bald von hier wegmüssen. Er war jetzt schon fast eine Woche hier, und das bedeutete, dass Oktober immer näher rückte. Es war nicht ausgeschlossen, dass er noch einmal auf diese Weise irgendwo eingekesselt sein würde, oder dass es zu schneien begann, und dann würde er es vielleicht niemals schaffen. Es sei denn, die Lexer erfroren, bevor er es tat – was ohne Wärmequelle eher unwahrscheinlich war – dann würde er es auch zu Fuß problemlos schaffen. Heute war wahrscheinlich seine beste Chance. Er vergewisserte sich, dass seine Wasserflaschen gefüllt waren, goss seinen Urin in den Abfluss und füllte einen anderen Behälter mit Brause. Es war wirklich leckeres Zeug, obwohl er es Bits niemals trinken lassen würde. Er hatte die Zutaten gelesen; seine Mutter hatte recht gehabt.

Peter schnallte sich den Rucksack um, warf sich das Gewehr über die Schulter und behielt die Machete in der Hand. Dann trat er zur Tür, atmete tief ein und rannte hinaus auf den Asphalt. Er schubste einen beiseite, der ihm zu nahe kam, wich ein paar anderen aus und donnerte an den Wohnwagen vorbei, die er bereits bei seiner Ankunft passiert hatte. Das Fahrrad lag auf der Seite, wo er es zurückgelassen hatte. Er warf einen kurzen Blick über die Schulter, um sicherzugehen, dass er genug Zeit hatte, bevor er sich bückte und nach dem Lenker griff. Er schob das Rad rennend neben sich her, während er den wenigen Lexern, die auf der Straße herumstanden, auswich, ehe er einen günstigen Augenblick abpasste, sich in den Sattel schwang und in die Pedale trat wie ein Wahnsinniger. Mit jedem Tritt wurde der Abstand zwischen ihm und den Lexern größer. Der kleine Rückspiegel am Lenker hatte sich verbogen, als das Rad umgefallen war, aber er bog ihn wieder zurecht und sah gerade noch, wie die Lexer vom Campingplatz die Straße erreichten.

„Macht's gut, ihr Lollis!", rief er ihnen zu. Dann richtete er den Blick nordwärts und schaute nicht mehr zurück.

Gegen Mittag waren es weniger als sechzehn Kilometer bis zum Ziel. Er hatte mehrmals anhalten müssen, was bei den Mengen an Wasser und Brause in seinem System auch kein Wunder war, aber er war gut vorangekommen. Die fünfzig Kilometer, die er mit dem Rad zurückgelegt hatte, waren im Vergleich zu seiner bisherigen Reise das reinste Zuckerschlecken gewesen, da er nur hier und da ein paar vereinzelten Lexern begegnet war, aber seine Beine brannten von den endlos erscheinenden Hügeln. Vielerorts waren herumstehende, verlassene Autos zur Seite geschoben worden, und jetzt, wo er der Farm immer näher kam, waren die Straßen komplett frei. Er hoffte, dass auch die anderen auf diesem Wege hergekommen waren, dass der Pick-up sie sicher hierhergebracht hatte.

Kurz bevor er die Kleinstadt erreichte, die man durchqueren musste, um zur Farm zu gelangen, platzte sein Reifen mit einem lauten Knall. Peter brachte das Fahrrad mit den Füßen zum Stehen, entging nur gerade eben einem fiesen Sturz und blickte anklagend zu den Wolken empor, die über den Himmel zogen.

„Echt jetzt?", fragte er sie.

Der Schlauch war nicht mehr zu retten – nicht, dass er ein Reparaturset bei sich gehabt hätte. Er versuchte, mit dem Platten weiterzufahren, aber da war er ja selbst im Gehen noch schneller. Der Rucksack war kein Problem, wenn er schnell fuhr, aber während er versuchte, auf dem platten Reifen voranzukommen, sah er aus wie Cassie, als sie gelernt hatte, wie man Fahrrad fährt, so heftig wackelte das Rad. Bei dem Gedanken musste er lächeln. Es war so ein Witz; welcher erwachsene Mensch bitte konnte nicht Fahrrad fahren? Aber jetzt konnte sie es, nachdem Bits und er es ihr beigebracht hatten.

Cassie hatte in diesem Sommer zuweilen sogar eine gewisse Eleganz an den Tag gelegt, als hätte sie endlich den Code geknackt. Sie schaffte es immer noch, mindestens einmal pro Woche, jemandem auf den Fuß zu treten oder irgendetwas zu verschütten – das würde sich wohl auch nicht mehr ändern – aber kämpfen, das konnte sie. Wenn sie Gefahr roch, glühten ihre Augen grün und ihr Mund wurde so entschlossen, dass kein Zweifel daran bestand, dass sie töten würde, sofern es nötig war. Vielleicht war diese Veränderung gekommen, als sie Neil erschossen hatte, wobei sicherlich auch Anas konstante Suche nach einem Trainingspartner im Nahkampf ihren Teil dazu beigetragen hatte. Wenn er Cassie und Ana zusammen trainieren sah und Anas dunkle Augen, die mit Gold durchzogen zu sein schienen, gefährlicher blitzten als Cassies grüne, dann hoffte er innerlich, es sich niemals weder mit der einen noch der anderen zu verscherzen.

Daran zu denken, stimmte ihn zuversichtlich, es musste ihnen einfach gut gehen. Sie würden alles und jeden, der sich ihnen in den Weg stellte, plattmachen. Egal, ob tot oder lebendig. Er ließ das Rad liegen und stiefelte los. Die Straße vor ihm war frei, die Sonne schien hell vom blauen Himmel, und die herbstlichen Bäume wirkten farbenfroher als im südlichen Vermont. Unkraut wucherte, wo eigentlich Felder voller Mais oder Weizen sein sollten oder was immer sonst hier oben wuchs, nur dass es inzwischen welk und braun war. Eine Schar Gänse flog in einem unordentlichen V über seinen Kopf hinweg. Es war ein herrlicher Herbsttag, einer von der Sorte, für die Touristen früher eine Menge Geld hingeblättert hätten, nur um hierherzukommen.

Am Rande der Kleinstadt hielt er sich, soweit möglich, in den Schatten auf. Er wollte es nicht riskieren, die Aufmerksamkeit der Lexer, die auch hier zweifelsohne herumlungerten, auf sich zu ziehen. Aber zu seiner Überraschung war die Stadt verlassen. Sie wirkte beinahe wie eine Geisterstadt, aber unter diesen Umständen im positiven Sinne. Vor dem Supermarkt sah er ein Schild, das drinnen Lebensmittel und Benzin versprach, sowie Schlafmöglichkeiten auf Kingdom Come. Er wanderte Schotterwege entlang und passierte einen Bauernhof mit einem gefährlich aussehenden Zaun, bevor er nach links auf die Kingdom Road abbog. Er hatte die Wegbeschreibung so oft im Radio gehört, dass er sie im Schlaf hätte rezitieren können.

Am Straßenrand bemerkte er eine kleine Hütte auf Stelzen, die aussah wie ein Hochsitz für Jäger. Ein junger Kerl mit platinblondem Pferdeschwanz und einem Gewehr in der Hand, den er für kaum älter als zwanzig hielt, kletterte die Leiter herunter, um ihn zu begrüßen. „Hallo, ich bin Caleb."

Er schüttelte seine Hand. „Peter."

„Bist du auf der Durchreise oder gekommen, um zu bleiben?"

„Letzteres." Peter warf einen Blick nach oben zu der Frau mit den kurzen dunklen Haaren, die auf der Plattform der Hütte stand und ihn mit dem Gewehr anvisierte. Ihre Mundwinkel zuckten, als er sie anlächelte. „Es war ein langer Weg hierher."

„Das sieht man dir auch an, Mann", sagte Caleb mit einem breiten Grinsen.

Die Jeanshose, die Peter bei Chuck für seine vermeintlich eintägige Fahrt extra noch einmal gewaschen hatte, war inzwischen braun, und dem Hemd unter seiner Jacke war es nicht viel besser ergangen.

„Soll ich dich zum Tor bringen?", fragte Caleb und deutete auf einen Pick-up. „Es sind noch etwa vierhundert Meter."

Zwei Minuten später lieferte Caleb ihn am Metalltor bei einem Kerl namens Dan ab, der ihn durch eine kleinere Tür neben dem Tor hineinließ. Dan schüttelte seine Hand und stellte ihm eine Frau und einen Mann vor, die an einem Klapptisch saßen. Peter war so darauf versessen, seine Frage zu stellen, dass er ihre Namen nicht mitbekam.

„Wir haben normalerweise einen Wagen hier", sagte Dan, „aber den haben sie heute woanders gebraucht. Ich bring dich, wenn du möchtest. Ist auch nicht weit."

Peter nickte. Sie sahen alle so ruhig aus, aber er konnte sich nicht entspannen, ehe er Bescheid wusste. Er zog die Jacke aus und hängte sie in einen der Gurte seines Rucksacks. Er schwitzte mehr als beim Fahrradfahren. „Ist hier jemand namens Cassie Forrest aufgekreuzt? Mit einer Gruppe. Sie kennen Adrian."

Die kleinen Falten um Dans Augen vertieften sich, als er lachte. „Klar, die ist vor etwa einem Monat angekommen. Mit Bits und den anderen. Du gehörst zu ihnen?"

Bits war hier. Peter fühlte sich so leicht, dass er hätte schwören können, kurz vom Boden abzuheben. Die Welt verschwamm vor seinem Blick, aber dieses Mal biss er sich nicht auf die Lippe, um die Tränen zurückzuhalten. Bits war hier. Er fragte nicht nach den anderen, nur für den Fall, dass Dan unbeabsichtigt jemanden auslassen würde. Er traute sich nicht, nach Ana zu fragen. Wenn es schlimm stand, dann sollte es Cassie sein, die ihm die Nachricht überbrachte.

„Das tue ich", sagte Peter. Er wischte sich mit dem Handrücken die Tränen aus dem Gesicht. Dan schien sich so aufrichtig mit ihm zu freuen, dass es unmöglich war, sein herzliches Lächeln nicht zu erwidern. Wiedersehensfreude war eine seltene Angelegenheit.

„Gib Cassie per Funk Bescheid", sagte Dan, an den Mann am Klapptisch gerichtet. Dann legte er Peter eine Hand auf die Schulter und bedeutete ihm, zu folgen.

Dan sagte irgendetwas. Peter nickte, aber er hörte nicht zu. Er sah rote und goldene Blätter auf den Schotterweg hinab segeln und hoffte inständig, dass sie alle es hierher geschafft hatten. Dann hörte er etwas anderes als Dans freundliche Stimme – das Klatschen nackter Füße auf feuchter Erde. Er kannte nur einen Menschen, der zu dieser Jahreszeit noch barfuß unterwegs war.

Peter blickte auf, als Cassie um die Kurve gerannt kam. Sie blieb stehen – mit offenem Mund und weit aufgerissenen Augen – fast so, als hätte sie nicht glauben können, dass er es wirklich war, bis sie ihn mit eigenen Augen sah.

„Peter!", schrie sie und rannte auf ihn zu.

Ihr Lachen war so sorglos und ihr Lächeln so breit, dass er sich beinahe sicher war, dass sie alle es geschafft hatten. Aber egal was passieren würde, er hatte noch eine Tochter und eine beste Freundin. Er hatte noch immer eine Familie. Er war zu Hause.

ÜBER DIE AUTORIN

Sarah Lyons Fleming, die in Brooklyn, New York, geboren und aufgewachsen ist, lebt heute mit ihrer Familie in Oregon. Nach eigenen Angaben ist sie erschreckend schlecht auf die Zombie-Apokalypse vorbereitet. Aber was nicht ist, kann ja noch werden.

Mehr Bücher von der Autorin finden Sie unter www.SarahLyonsFleming.com

DANKSAGUNG

Ich werde mich bemühen, diesen Teil kurz und knackig zu halten – ihr wisst schon, ist ja schließlich ne Kurzgeschichte. Dank gebührt meinen Eltern, die sie wieder und immer wieder gelesen haben. Kürzlich habe ich zu meiner Überraschung festgestellt, dass es scheinbar gar nicht normal ist, dass die Familien von Schriftstellern ihre Werke lesen. Ich meine, ich wusste ja auch vorher schon, dass ich ein Glückskeks bin – aber ganz ehrlich, ich glaube, mit meiner Familie habe ich den Jackpot geknackt!

Vielen Dank auch an meine lieben Freunde/Testleser, die die Bücher, die sie gerade lesen, links liegen lassen, um meine zur Hand zu nehmen. Danke euch, Allie, Danielle und Jamie!

Tonnenweise Liebe und Dankbarkeit meinem Mann, Will, der mit kühnem Blick und einem besseren Verständnis für die Kunst, ein Buch zu schreiben, als ich es jemals haben werde, meine Geschichten liest und mich zwingt, noch tiefer in die Materie einzutauchen und dann die Worte zu finden, die genau das beschreiben, was ich dort unten finde.

Podium